39 İPUCU

YAYIN NO: 2092

39 İPUCU - FIRTINA GELİYOR

Linda Sue Park

Orijinal Adı: *39 Clues - Storm Warning*

İngilizceden Çeviren: Beril Tüccarbaşıoğlu Uğur

Editör: Alev Zeynep Şimşek

Grafik: Merve Ece Aras, Merve Güven

1. Basım: Ocak 2020

ISBN: 978 - 605 - 304 - 538 - 0

Sertifika No: 43949

ARTEMİS YAYINLARI

Ticarethane Sokak No: 15 Cağaloğlu / İstanbul

Tel: (212) 513 34 20-21 Faks: (212) 512 33 76

e-posta: editor@artemisyayinlari.com – www.artemisyayinlari.com

Baskı ve Cilt: Melisa Matbaacılık

Çiftehavuzlar Yolu Acar Sitesi No: 4 Bayrampaşa / İstanbul

Tel: (212) 674 97 23 Faks: (212) 674 97 29 Sertifika No: 45099

Artemis Yayınları, Alfa Yayın Grubu'nun tescilli markasıdır.

DOKUZUNCU KİTAP

FIRTINA GELİYOR

39 İPUCU

LINDA SUE PARK

İngilizceden Çeviren: Beril TÜCCARBAŞIOĞLU UĞUR

ARTEMİSÇOCUK

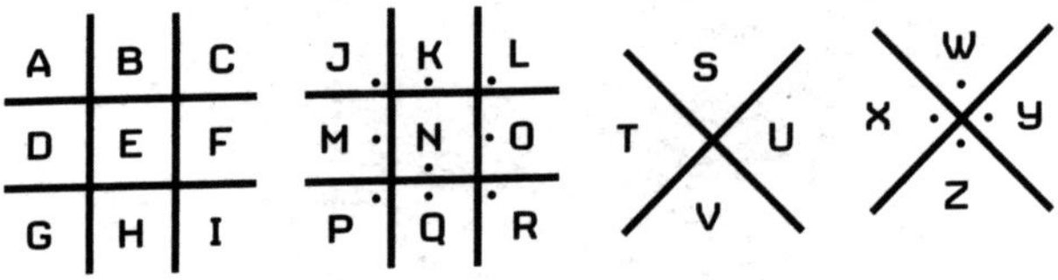

A B C
D E F
G H I
J K L
M N O
P Q R
S
T U
V
W
X Y
Z

Her şeyden haberdar olan Ginger
Knowlton'a...
—L.S.P.

BİRİNCİ BÖLÜM

"Bahamalar."

"Jamaika."

"Bahamalar."

"Jamaika."

Dan dişlerini gıcırdatıp vücudunda sıkılabilecek neresi varsa sıktı. Bir kere daha denedi. "BA-HA-MA-LAR. Kafanı kullan, Amy..."

"Kullanıyorum zaten!" diye yapıştırdı ablası. "Bu konuda senden daha başarılı olduğum kesin. Onun izinden gideceksek Jamaika'ya gitmeliyiz. Bahamalar'da yaşarken daha korsan bile değildi."

1700'lü yıllarda erkek kılığına girerek azılı bir korsan olan, Anne Bonny'den söz ediyorlardı. Ayrıca onun akrabaları olduğundan şüpheleniyorlardı. Dan, Çin'de minyatür bir kadın portresi bulmuştu. Arkasında Anne Bonny'nin adı vardı. İpucu arayışındaki tek iz oydu.

Amy ve Dan, Cahill'lerden geliyordu. Cahill ailesi üyeleri beş yüz yıldan fazladır tarihe damgalarını vuruyordu. Aralarında kimler yoktu ki? Galileo ve Marie Curie gibi bilim insanları, Vincent Van Gogh ve Mark Twain gibi ressam ve yazarlar, Napolyon ve George Washington gibi dünya liderleri ve daha niceleri birer Cahill'di. Şimdi izini sürdükleri Anne Bonny de Cahill olabilirdi.

1500'lerin başında, Cahill ailesi kollara ayrılmıştı. Ailenin kurucusu, Gideon ve Olivia Cahill'in en büyük oğulları Luke, Lucian'ların lideriydi. Bu koldan daha çok strateji uzmanları, siyasetçiler ve iş insanları çıkıyordu. Luke'un kardeşi Katherine, Ekaterina kolunu kurmuştu. Tarihin en büyük mucitlerinden bazılarını yetiştirmişlerdi. Diğer kardeş Thomas'ın önderliğinde kurulan, Tomas kolunun başlıca özellikleri, keşif tutkuları, sportmenlikleri ve maceraperestlikleriydi. Öteki kız kardeş Jane, Janus'ların kurucusuydu. Ünlü sanatçılar hep bu koldan çıkıyordu. Bütün bu kollar dünyanın en güçlüsü olmak için birbirleriyle kıyasıya yarışıyordu.

Amy'yle Dan bu amansız yarışa önceleri neredeyse hiçbir şey bilmeden dahil olmuştu. Sevgili anneanneleri Grace öldüğünde, ailenin büyük bir sırrı olduğunu öğrenmişlerdi. Grace vasiyetinde onlara bir teklif sunmuştu. Ya yarışa katılıp onları ilk ipucuna götürecek bir ize sahip olacaklardı. Ya da yüklü bir çeki kabul edip kendi yollarına gideceklerdi. Amy'yle Dan yarışmayı seçmiş ve akıl almaz bir maceraya atılmıştı.

Yalnız da değillerdi üstelik. İpuçlarını kovalayan başka takımlar da vardı. İki kardeşin başarıya ulaşmasını engellemek için yapmayacakları yoktu. Amy'yle Dan bombalardan son anda kurtulmuş ve bir mağarada hapis kalmıştı. Rakipleri onları zehirlemeye, boğmaya ve canlı canlı gömmeye kalkışmıştı. Fransa, Avusturya, Japonya, Kore, Mısır, Avustralya, Güney Afrika ve Çin'de başlarına gelmeyen kalmamıştı. Amy ve Dan yine de birçok ipucu toplamayı başarmıştı.

Ve hâlâ neyin peşinde olduklarını bilmiyorlardı.

Şimdi Beijing Havaalanı'nda bakıcıları Nellie'yi bekliyorlardı. Nellie döviz bürosundaki yetkiliye dert anlatmaya çalışıyordu.

"Anne Bonny son kez Jamaika'da görülmüş. Bir daha kimse ondan haber alamamış," dedi Amy. Bonny'nin hayatını çoktan ezberlemişti tabii. "Aramaya oradan başlamalıyız."

"Ama..." Dan duraksadı. Ablasının yürüttüğü mantığa itiraz etmek için bir sebep aradı. Amy bu işlerde ustaydı. Büyük resmi görebiliyordu. Dan detayların adamıydı. Şimdi de belirli bir detay onu Bahamalar'a çekiyordu.

Amy ona dik dik baktı. "Aklından geçenleri biliyorum, Daniel Arthur Cahill," dedi sertçe. "Saçmalama. Diğer takımları yenmek zorundayız. Aptal bir eğlence parkında harcayacak zamanımız yok."

"Aptal mı?" diye bağırdı Dan. "Bunu söylediğine inanamıyorum! Oceanus dünyanın en büyük su parkı! Belki yüz tane su kaydırakları var. Yunuslarla yüzüp mantaları ve piranaları görebilirsin."

"İşte!" dedi Amy zaferle. "Asıl derdinin bu olduğunu biliyordum!"

"Senin aklının ucundan geçmez tabii," diye homurdandı Dan. "Koca dünyada eğlenceden anlamayan tek insan benim ablam olmak zorunda! Ah, pardon. Senin eğlence anlayışın yedi yirmi dört açık bir kütüphane!"

Amy kırılmıştı doğrusu. "A-ama bu-bu haksızlık." Üzüldüğünde ya da utandığında hafifçe kekelerdi.

Dan'in omuzları çöktü. Amy'yi ne zaman gücendirse pişman olurdu. Ama bazen buna engel olamıyordu. "Biliyorum, Bahamalar'a gitmemizin bir anlamı olmadığını düşünüyorsun. Ama ipucunun Jamaika'da olduğundan da emin değiliz ki!"

Amy başını salladı. "Haklısın."

Dan onun yumuşamaya başladığını hissederek üsteledi. "Şimdiye kadar bulduğumuz bütün ipuçlarında başka yerlerden topladığımız bilgilerden faydalandık. Önce hep yanlış yerlere gitmedik mi? Ama onlarsız doğru yeri bulamazdık."

Kendini haklı çıkarma çabasından yüzü pancar gibi kızarmıştı. "Senin anlayacağın önce yanlış yere gitmeye hakkımız var. Bekle bizi, Bahamalar!"

Amy bir kahkaha patlattı. "Ağzından çıkanı kulağın duyuyor mu? Jamaika hakkında haklı olduğumu söylüyorsun."

Dan sırıttı. "Gördün mü bak? Sen haklı çıktın, ben de Oceanus biletimi kaptım!" Ablasının kolunu dürttü. "Kimse bir şey kaybetmedi."

İki kardeş nihayet uzlaştıklarına sevinirken önemli bir noktayı atlıyordu: Kabra'ların Bahamalar'da bir villası vardı.

Isabel Kabra'nın yönettiği bu süper zengin ve süper Lucian aile, defalarca Dan'le Amy'nin yoluna taş koymaya çalışmıştı.

Ve yıllar önce, anneleriyle babalarını öldürmüşlerdi.

Nellie kulağında kulaklıklarıyla, kafasını dinlediği müziğin ritmine göre sallayarak yanlarına döndü. Dan bir keresinde Nellie'nin kulaklıklarını ameliyatla kulaklarına monte ettirdiğini söylemişti. Çünkü onları neredeyse hiç çıkarmıyordu.

"Yürüyün, bilet alalım," dedi Nellie. Keyifle başını salladı. "Bahamalar, biz geliyoruz. Kırk yılın başı doğru bir iş yaptınız. Şimdiden söyleyeyim. Kimse beni o şezlongdan kaldıramaz!"

Bilet gişesine doğru yürürken, Nellie bir ara tuvalete girdi. Sonra onlardan pasaportlarını aldı.

Hep aynı taktiği uyguluyorlardı. Nellie bilet sırasına giriyor, Dan'le Amy de arkasında dikilip etrafa gülücükler dağıtıyordu. Akrabalarını ziyarete giden iki şirin çocuk havasındaydılar. Aslında çılgın akrabaları durmadan arkalarından iş çeviriyor, hatta onları öldürmeye çalışıyordu.

"Bahamalar'a üç bilet, lütfen," dedi Nellie havayolu görevlisine.

Dan beklerken telefonuna gelen mesajları dinledi. Bitirdiğinde kaşlarını çattı. "Hamilton aramış."

"Ne istiyormuş?"

Dan başını iki yana salladı. "Hat cızırtılıydı. İyi duyamadım. Ama" -kuşkuyla etrafına bakındı- "babası her nasılsa nereye gideceğimizi öğrenmiş."

Amy hayretle inledi. "Nasıl? Beş dakika önceye kadar biz bile nereye gideceğimizi bilmiyorduk. Sadece..." Gözleri irileşti.

"Tuvalete girdi!" diye bağırdı Dan.

Arkalarını dönüp bilet gişesinde duran Nellie'ye baktılar.

Amy büyük bir hayal kırıklığı içindeydi. Bir an için gözlerini kapadı. Nellie'den şüphelendiği diğer zamanları hatırladı. Gözlerini açtığında Dan'in üzüntüyle başını eğdiğini gördü. Yaşadığı stres yüzünün her santimetrekaresine yansımıştı. Hatta her nasılsa burnuna bile!

Son aylarda Nellie'yle herkesten fazla vakit geçirmişlerdi. *Bizim için bir dadıdan fazlası oldu*, diye düşündü Amy. *Kuzenimiz gibi. Ya da ablamız. Bunu nasıl yapar?*

"Neyin peşinde olduğunu öğrenmeliyiz," dedi Dan. "Uçakta üzerine gideriz. Nasıl olsa kaçabileceği bir yer yok. Ama önce Hamilton'ın söylediklerini duymalısın."

Amy, Nellie'ye endişeli bir bakış fırlatıp ona döndü.

"Eisenhower, Bahamalar'a gittiğimizi biliyor," dedi Dan. "Hamilton, babasının bir kediden bahsettiğini söyledi. Her şeyi yanlış anlamışız ve Bahamalar'a gitmekle hata yapıyormuşuz. Onlar Güney Carolina'ya gidiyor."

"Portreyi biliyor mu? Anne Bonny'yi?" diye sordu Amy.

"Bilmiyorum. Ondan hiç bahsetmedi. Sadece kediyi söyledi."

"Ne kedisi? Saladin'i mi diyor?"

"Hayır. Durmadan hat koptu. Ama bahsettiği kedinin Saladin olmadığından eminim. Bu arada..."

Saladin'i taşıma kabından çıkarıp birkaç dakika okşadı. Amy kardeşinin hâlâ Nellie'yi düşündüğünü hissedebiliyordu. Dan rahatlamaya her ihtiyaç duyduğunda Saladin'e sığınırdı.

Saladin, Dan'in kucağına keyifle gömülüp gırlamaya başladı. Üçü arasında en mutlusu oydu.

İKİNCİ BÖLÜM

Nellie'nin ağzı beş karış açık kaldı. "Cam kenarını bana mı veriyorsunuz?" diye sordu şaşkınlıkla.

Sonra çocuklardan biri vazgeçer diye hemen yerine yerleşti ve başını cama dayadı.

Uçak kalktıktan sonra, Dan, Nellie'nin kulaklıklarını çıkardı.

"Hop! Ne yapıyorsun?"

"Asıl biz sana soruyoruz. Sen ne yapıyorsun?" Kulaklığı iPod'dan çekip çıkardı ve Nellie'nin uzanamayacağı bir yere koydu.

Nellie bir hamle yapınca Amy kulaklığı kaptı. Kordonunu sarıp kaldırdı. "Kes şunu. Konuşmamız lazım."

Nellie huzursuzluğunu derin bir iç çekişle bastırmaya çalıştı. "Neyiniz var sizin? Avrupa dediniz. Sizi Avrupa'ya götürdüm. Japonya dediniz. Soluğu orada aldık. Arkasından Mısır, Rusya ve başka bir sürü ülke. Sayısını bile şaşırdım artık. Şimdi de Bahamalar'a gidiyoruz dediniz ve yola çıktık. Derdiniz ne?"

Dan kaşlarını çatarak kollarını kavuşturdu. Nellie bir an kafasını okşamak istedi. Nasıl başarıyorsa, Dan ciddileştiğinde daha bir çocuksu görünüyordu.

"Başlıyorum, hazır mısın? Öncelikle bizi Tibet'e nasıl soktun? İnsanların belge almaları aylar sürüyor. Tek bir telefonla Everest'in tepesine çıkabilecek tek helikopteri ayarladın. Bahamalar'a gittiğimizi üçümüzden başka kimse bilmiyor sanırken, Holt'lar bunu çoktan öğrenmişti. Rusya'da da telefonuna gelen bir mesajı dinledik. Senden *durum raporu* istiyordu."

Nellie bu ânın er geç geleceğini biliyordu. Ama daha geç olmasını beklerdi doğrusu.

Pekâlâ. Belki dikkatlerini başka bir yöne çekebilirdi. Suratına kırgın bir ifade oturtarak başını arkaya attı.

"Harika! Sizin için okulumu bırakıyorum. Ülkeyi terk ediyorum ve bir kedi fare avında oradan oraya sürükleniyorum. Ailem endişe içinde. Onlardan uzağım. Üstelik başınızı türlü belalardan kurtardım. Ama kalkmış benden hesap soruyorsunuz. Pes doğrusu!"

Amy'nin suratında öyle bir pişmanlık ifadesi belirdi ki, Nellie üzüldü. Zavallı kız. Yanında bir büyük varken bile, çoğu yetişkinin kaldıramayacağı sorumlulukları tek başına üstlenmeye çalışıyordu.

"Sana güvenmediğimizden değil," dedi Amy. "Hoş, Bay McIntyre kimseye güvenmememizi söyledi. Dan'i duydun. Bu saydıkları sence de biraz şüpheli değil mi?"

Başın sıkışırsa tuvalete git. Nellie kemerini çözdü. "Kusura bakmayın, ama tuvalete gitmem gerek."

Çocukların ikisi de kıpırdamadı. "Ah! Demek beni bunun için cam kenarına oturttunuz? Bir işler karıştırdığınızı anlamalıydım!"

Dan ona doğru dönerek bacaklarıyla yolu kapadı.

Nellie gözlerini kucağına dikip dudaklarını kemirmeye başladı. Kafasının içinde tilkiler dolaşıyordu. *Anlaşmamdaki gizlilik maddesi. Onlara söylemeden sonuna kadar gidebilirsem fazladan elli bin dolar alacağım. Elli bin! İşlerin bu derece sarpa saracağını nereden bilecektim tabii.*

İki kardeşin dikkatle onu izlediğinin farkındaydı. Dan de, Amy de kül yutacak çocuklar değildi.

O halde gerçeği söyleyeceğim. Ama hepsini değil. Aslında kimin için çalıştığımı bilmemeliler. Şimdilik yakamdan düşseler yeter.

Kararını verdi. "Pekâlâ. Bu yaptığım hiç doğru değil. Ama başka şansım yok galiba. Size her şeyi anlatacağım."

Koltuğunu yatırdı. "Rahatınıza bakın, çocuklar. Sizi uzun bir hikâye bekliyor."

Amy kendini bir yerden düşüyormuş gibi hissediyordu. Biri üzerinde oturduğu kilimi altından çekmişti sanki. Oturmasına rağmen dengesini bulamıyordu. Bunca haftadır sevdikleri ve güvendikleri Nellie sandıkları kişi değildi.

Beatrice teyzenin onlara bakıcı olarak tuttuğu sıradan bir üniversite öğrencisi değildi.

Nellie, Bay McIntyre'dan onlara göz kulak olması karşılığında para aldığını itiraf etti. Yapıp ettiklerini ona haber veriyordu.

Amy farkına bile varmadan Dan'in elini tuttu.

Kardeşinin yüzü bembeyaz kesilmişti. Dudakları da aynı renkti. Elini çekmedi.

Nellie daha yeni başlıyordu.

"Beni Grace tuttu," dedi. "Vasiyetini hazırlarken sizin yarışa katılacağınızı tahmin etti herhalde. Diğer ekipler ya büyüklerden oluşuyordu ya da paraları vardı. Bazıları da hem yaşça büyük hem de zengindi. Onun için, bütün detayları incelikle düşündü. Size yolculuklarda ve diğer her konuda yardım edecek birine ihtiyacınız olacağını biliyordu. Bana ipuçlarının peşinden gideceğinizi ve bazen işlerin karışacağını çıtlattı. Ama nasıl bir belaya bulaştığımdan haberim yoktu."

Nellie başını iki yana salladı.

"Beni tam üç kere görüşmeye çağırdı. Hepsi de saatlerce sürdü. Resmen ensemde boza pişirdi. Uçak kullanmayı bildiğimi söylediğimde gözleri parladı. Nihayet işe alındığımda Beatrice teyzenize beni kovarsa mirasından men edileceğini söyledi. Anneanneniz zeki bir kadındı."

Dan boğazını temizledi. "Neden o kadar uzun kalabildiğini şimdi anlıyorum. Beatrice teyze senden önceki bakıcılarımızı bozuk para gibi harcadı."

"Diğer takımlara hiçbir şey söylemedim. Yemin

ederim," dedi Nellie. "Sadece McIntyre'la konuşuyorum. Ne yapılacağına o karar veriyor. Bahamalar'ı da ona söyledim. Ama Holt'larla hiçbir ilgim yok. Bu haberi onlara Bay McIntyre vermiştir. Genellikle kendine göre sebepleri oluyor. Benim tek görevim sizi korumak."

Derin bir sessizlik oldu.

"Anlamıyor musunuz?" dedi Nellie ümitsizce. "McIntyre'la irtibat halinde kalmak ta en başından beri iş tanımımın bir parçasıydı. Bana onun için para veriyorlar."

Amy nihayet konuşabildi. "Baştan beri bizi para için mi kullanıyordun?"

"Hayır!" diye atıldı Nellie. "Kabul ediyorum, işe başvururken paraya ihtiyacım vardı. Ama şimdi…"

Amy cümlenin devamını dinleyemedi. Gözleri ılık yaşlarla dolmuştu. Hislerini dile getirecek kelimeleri bulamıyordu. Aslında tam olarak ne hissettiğini de bilmiyordu. Öfke mi? Üzüntü mü? Şaşkınlık mı?

Cevap D. Hepsi.

Bunca zamandır bize yalan söyleyen birine nasıl güvenebiliriz?

Emniyet kemerini açıp apar topar ayağa kalktı. "İzninle," derken sesinin mesafeli çıkması için elinden geleni yaptı. Elinde Nellie'nin kulaklığıyla uçağın koridorunda yürüdü. Dan de peşindeydi. Koridorun sonunda, Amy usulca konuştu.

"Bundan sonra attığımız tek bir adımdan bile haberi olmayacak."

Dan'in gözleri panikle açıldı. "Olmaz! Yapamayız! Ona ihtiyacımız var. Bizi sağa sola götürüyor. Arabamız olmadan ne kadar ilerleyebiliriz ki?"

Yüzündeki ifade daha fazlasını söylüyordu: *Biz daha çocuğuz. Düzenbazlar ve katillerden oluşan bir orduya karşı tek başımıza mücadele edemeyiz!*

Amy bütün telaşına rağmen soğukkanlılığını korumaya çalıştı. "Doğaçlama yapacağız. Ona nereye gittiğimizi söyleyeceğiz, ama ne aradığımızı bilmeyecek. Ne demek istediğimi anlıyor musun?"

Dan uzun uzun düşündü. "Anlaştık," dedi sonra. "Olaylar geliştikçe ona göre bir strateji belirleriz."

Amy koluyla gözlerini sildi. Hâlâ sersem gibiydi. Ama Dan'le yalnız kalmak cesaretini toplamasına yardımcı olmuştu. *En azından birbirimize sahibiz...*

"İyi o zaman," dedi normal davranmaya çalışarak.

Gerçi artık bu kelimenin anlamını bile unutmuştu ya neyse.

ÜÇÜNCÜ BÖLÜM

Hain dadı umurunda değildi. Dan buraya kadar gelmişti ve bunu yapacaktı.

Hiç kimse Oceanus'u karış karış gezmesine engel olamazdı.

"Şu kadınları gerçekten anlamıyorum," diye homurdandı. O çoktan mayosunu giymişti. Elinde havlusuyla bekliyordu. "Neden bir türlü hazırlanamazlar?" Bavullarını karıştıran Amy'yle Nellie'ye baktı. Uçaktan beri üçü toplasan bir düzine kelime etmemişti.

Dan yolculuğun geri kalanında derin düşüncelere dalmıştı. Nellie'yle ilgili şüpheli olayları kafasında derlemeye çalışıyordu. Kolay bir iş değildi. Nellie ta en başından beri yanlarındaydı çünkü. Paris sokaklarından, Avustralya'ya ve Everest'in tepesine dek, onlara sayısız yardımda bulunmuştu.

Dan şimdiye kadar kaç tane otelde kaldıklarını bile hatırlamıyordu. Bazen Nellie'yle aynı odayı paylaşmışlardı. Kimi zaman da ayrı odalarda kalmışlardı. Nellie'nin McIntyre'la konuşup ihanet planları yapacak bir sürü vakti olmuştu. Ama neden bu kadar uzun sürmüştü? Nellie düşmanlarıysa, neden onlardan kurtulmanın bir yolunu bulmamıştı?

Dan anlayamıyordu. Ama İpucu Avı'nda öyle tuzaklarla karşılaşmışlardı ki, Nellie'yle ilgili öğrendiklerini bir kenara atamazlardı.

Başları beladaydı.

Ama şimdilik bunu aklından çıkarıp biraz eğlenmeye bakmalıydı.

"HADİ AMA!" diye bağırdı.

Nellie ona güneş kremini fırlattı. "Önce şunu sür."

Dan havluyu yatağa koydu. Kremi kollarına, karnına ve göğsüne sürüp yağlı elleriyle bacaklarını ovuşturdu. "Oldu mu?"

"Hayır," dedi Nellie. "Daha sırtın, ensen ve bacaklarının arkası var. Bir de burnun ve kulakların."

"Ben sırtına sürerim," dedi Amy.

Dan ona bir bakış fırlattı. Amy belli ki Nellie'yi hayatlarında istemiyordu. Kardeşine güneş kremi sürmesi fikrine bile dayanamıyordu.

"Ben yaparım," dedi ve kremi bütün vücuduna yalapşap yaydı. Sonra havlusunu kaptığı gibi kapıya yöneldi. "Kusura bakmayın, ama sizi daha fazla bekleyemeyeceğim. Ben gidiyorum."

Nellie gözlerini devirdi. "Tamam. Yunus Koyu'nda buluşalım. Saat" -kol saatine göz attı- "ikide. Sakın geç kalma. Sizi merak etmekten bıktım usandım."

Daha cümlesini bitiremeden Dan kapıdan çıkmıştı bile.

Dan su parkının giriş ücretini ödedi. Gişedeki görevli bileğine takması için plastik bir bant verdi. İlk durağı, Güneş Sarayı kaydıraklarıydı. İçlerinden biri neredeyse yere tamamen dikey ilerliyordu. Park görevlilerinin talimatıyla kaydırağın tepesine çıktı. Ayaklarını karnına çekip bağdaş kurdu. Kollarını göğsünde kavuşturdu.

Nefes kesici bir yolculuktu! Jet gibi ilerlerken ağzına ve burnuna sular çarpıyordu. Saniyeler içinde havuzun dibini boyladı. Sudan kafasını çıkardığında hem öksürüyor hem de keyifle sırıtıyordu.

Dan iki saat boyunca parkın altını üstüne getirdi. Bütün kaydırakları denemekle en sevdiklerinden tekrar tekrar kaymak arasında kararsız kalmıştı. Bu onun tek şansı olabilirdi. Çok geçmeden İpucu Avı'na geri dönmesi gerekecekti.

Görevini düşününce kendini biraz suçlu hissetti. Sıradaki kaydırağa doğru yürürken yoluna çıkan çalılıkları araladı. Bir kedi arıyordu. Hamilton'ın bahsettiği *calico*, yani üç renkli kediyi.

Sonra parka evcil hayvanların kabul edilmediğiyle ilgili bir uyarı tabelası gördü. Kediyi parkın dışında arayacaklardı anlaşılan. Bahamalar'ın kedi nüfusu kaçtı acaba? Doğru kediyi nasıl bulacaklardı?

Sıradaki kaydırakta aklındaki bütün kediler uçup gidiverdi. Bir tüpe girdi ve dik bir kaydıraktan kaydı. Sonra kaydırak uzun bir tünele doğru meyillendi. Tünel camdı ve bir köpekbalığı havuzunun içinden geçiyordu. Dan köpekbalıklarının neredeyse dokunabilecek kadar yakınındaydı, ama aralarında bir cam vardı.

"Süperdi," dedi üçü buluştuğunda. Sadece yedi dakika geç kalmıştı.

"Ama bu daha süper," dedi Nellie. Elindeki ağzı büzgülü torbayı gösterdi. İçinde tuhaf bir şeyler vardı.

Amy başını çevirip yürüdü. Dan, Nellie'ye aldırmadan onu takip etti.

Ama Nellie vazgeçmedi. "Pazarda satılanları görmeliydiniz. Ham muzlar, şu *jackfruit* denen meyve, hint ayvaları. Bakın, hepsinden aldım." Torbadan bir avuç koyu kahverengi ceviz çıkardı. Üzerleri kırmızı bir kılıfla kaplıydı.

"Şu minik hindistan cevizlerine bakın. Bunların kabuklarının iç kısmı öğütülüp baharat olarak kullanılır. Koklasanıza." Elini Dan'e uzattı. Dan hemen başını çevirdi.

"İstemem, kalsın. Kıyafet giydirilmiş köpek kakalarına benziyorlar."

Nellie hindistan cevizlerini torbaya koyup "Neden uğraşıyorum ki?" diye homurdandı.

"Kuyrukta beklerken birileri konuşuyordu. Bir keresinde bir köpekbalığı akvaryumdan sıçrayıp kaydırağa düşmüş. İnanabiliyor musunuz? Oradan da havuzu boylamış!"

Amy ürperdi. Dan ablasının Avustralya'yı hatırladığını anladı. Amy'nin orada köpekbalıklarıyla kötü bir tecrübesi olmuştu. "Kimse yaralanmamıştır umarım," dedi endişeyle.

Dan omzunu silkti. "Yok canım. Olay park kapalıyken olmuş. Ama köpekbalığı klorlu suda ölmüş," dedi üzüntüyle başını eğerek.

"Zavallı köpekbalığı," dedi Nellie.

"Keşke orada olsaydım," diye atıldı Dan. "Bir köpekbalığıyla yüzdüğümü düşünsenize!"

Amy korkuyla inledi. "Konuyu değiştirebilir miyiz?" Nellie'ye ters bir bakış fırlattı. "Biz biraz konuşacağız."

Nellie güneş gözlüğünü burnunun ucuna indirip omzunu silkti. Amy, Dan'i bir ağacın altına çekiştirdi. Elindeki broşürü gösterdi.

"Aman ne enteresan," dedi Dan ve yalandan esnermiş gibi yaptı.

"Dinle bak. Korsan Mağarası Turu. Bir tekneyle küçük adaları geziyorsun." Broşürü açıp okumaya başladı. "... *diye bilinen adalara Henry Morgan, Karasakal ve*" -bir an duraksadı- "*Jack Rackham gibi ünlü korsanların isimleri verildi.*"

"Jack Kürekhan mı? Bir korsana uygun bir isim!"

"Hayır, Rackham," dedi Amy. "Anne Bonny'nin birlikte takıldığı korsan. Onu araştırırsak belki bir ize rastlarız."

Dan broşürü Amy'nin elinden kapıp bir çırpıda okudu.

"Şurasını dinle. Define avı! Metal dedektörler ve küreklerle gömülü hazineyi bulun!" Sonra suratı asıldı. "Yanındaki yıldızı görmemişim. Bulunan paralar hediyelik eşya dükkânında değiştirilebiliyormuş."

"Sahte hazine," dedi tiksintiyle. "Gerçek bir macera istiyorlarsa İpucu Avı'na katılsınlar da görelim."

Amy gülmemek için kendini zor tuttu. Eskiden olsa Dan sahte hazineyi bulmak için kendini paralardı.

Nellie'nin yanına döndüler. "Bir tura katılacağız," dedi Amy. "Senin gelmene gerek yok. Bir iki saate döneriz."

"Nasıl bir turmuş bu?" diye sordu Nellie.

"Fark eder mi?" dedi Amy.

Nellie inatçı bir tavırla çenesini havaya dikti. "Evet, küçük hanım, eder. Hâlâ bakıcınızım. Benim sorumluluğumdasınız. Size nasıl bir tura katılacağınızı sormaya hakkım var. Cevap vermezseniz..." Durup omzunu silkti.

Sizi doğruca Beatrice teyzenize götürürüm, demek istiyordu.

Dan ablasının kulağına fısıldadı. "Ona nereye

gittiğimizi söyleyebiliriz. Zaten öyle konuşmuştuk. Ama ne yaptığımızı bilmesine gerek yok."

Amy başını sallayıp Nellie'ye döndü. "Pekâlâ. Korsan Turu'na çıkıyoruz."

"Denize mi açılacaksınız?"

"Evet."

"Ben de geliyorum. Yalnız gitmenize asla izin vermem."

Amy yumruklarını sıktı ve yüzündeki ifadeyi değiştirmemek için çabaladı. Bütün bu soğukluğunun ardında gözyaşlarına boğulmamak için kendini zor tutuyordu. Nellie'nin uçaktaki açıklamalarından sonra dokunsan ağlayacak gibiydi.

Bir Çocuk Bakıcıları Olimpiyatı düzenlenseydi, Nellie tek bir madalya bile kazanamazdı. Bazen fazlasıyla dikkatsizdi. Hızlı araba kullanıyor ve abur cubur yemelerine izin veriyordu. Ama her başları sıkıştığında yardımlarına koşmuştu. Amy, Nellie'nin varlığına ne kadar güvendiğini daha yeni yeni anlıyordu.

Dan ablasının koluna dokundu. "Gel," dedi. Dönüp marinaya doğru yürümeye başladılar.

Nellie de peşlerine takıldı. Çocuklar onun köşedeki begonvillerin arkasından gizlenen bir adamla bakıştığını görmedi.

Adam ona başını salladı. Nellie de aynı şekilde karşılık verdi.

Üçü, tura katılan bir düzine kadar turistle birlikte Kurukafa adındaki katamarana bindi. Mürettebatın isteği üzerine teknenin iki omurgası arasına gerilen tentenin etrafına dizildiler. Amy'yle Dan, Nellie'yle aralarına mesafe koymak için ellerinden geleni yaptı. Denize açılmak için mükemmel bir gündü. Yelkenleri şişirmeye ve insanı serinletmeye yetecek kadar tatlı bir esinti vardı. Amy suya baktı. O âna dek Karayip Denizi'yle ilgili fotoğraflarda bir hile olduğunu düşünürdü. Suyun olağanüstü renginin kullanılan filtrelerle yaratıldığını sanırdı. Ama yanılıyordu. Deniz gerçekten de şaşılacak kadar maviydi.

Mavinin tonlarını hatırlamaya çalıştı: Gök mavisi, turkuaz, gece mavisi, kobalt mavi... hayır. Bunların hiçbiri suyun rengini tanımlayamazdı. Kendince bir mavi üretmeyi denedi.

Turkuaz, gök mavisi ve... *Turkugöbalt.*

"Neden olmasın?" diye mırıldandı. Belki bir gün birileri bunu sevip kullanmaya başlar ve gerçek bir isme dönüşürdü. "Turkugöbalt," diye tekrarladı.

"Kimin gözü bağlı?" dedi Dan. Her zamanki gibi yanlış duymuştu.

Amy'nin yanakları kızardı. "Boş ver."

O sırada, geminin ikinci kaptanı, "Hepiniz hoş geldiniz," diye seslendi. Bol cepli, uzun bir şort ve kaslı kollarını gösteren kısa kollu bir tişört giymişti. Sportmen tipli, yakışıklı bir adamdı. Nellie kulak kesildi. Amy, Nellie'nin kulağında kulaklığını göremeyince şaşırdı.

"Size kısa bir bilgi vermek istiyorum," dedi adam. Melodik sesi, güler yüzü ve rahat tavırlarıyla mükemmel uyuşuyordu. "Umarım hepiniz harika vakit geçirirsiniz. Hatta belki de çoktan geçirmeye başladınız."

Turistler güldü.

"Birazdan ilk hedefimize varacağız. Adı, Boucan Adası. *Boucan* Fransızca bir kelime. Et pişirmekte kullanılan bir çeşit ızgara anlamına geliyor. Avrupalı denizciler adalarımıza ilk geldiklerinde etlerini *boucan*'larda pişirirmiş. Fransızlar da bu gemicilere *boucanier* adını takmış."

"Mangalcılar gibi!" diye atıldı Amy.

"Doğru. Aferin, küçük hanım," dedi adam ve devam etti, "Bahamalar uzun bir süre boyunca korsanlar için adeta bir cennet oldu. Kaptan Kidd'in hazinesini gömdüğü söylenen, Exuma Adası buraya oldukça yakın. Tüm zamanların belki de en ünlü korsanı Karasakal'ın gerçek ismi, Edward Teach'ti. O da Bahamalar'ı sık sık ziyaret ediyordu."

Amy boğazını temizledi. "Calico, Jack Rackham da buradaydı, değil mi?"

"Evet, küçük hanım. Bahamalar'ı herkes sever. Meşhur kurukafalı ve kemikli bayrağı ilk kullananın Jack Rackham olduğu söylenir."

Amy, Dan'i dürtükledi. "Jack Rackham!" diye fısıldadı heyecanla.

Katamaran küçük, güzel bir koya demir attı. Mürettebat gerekli alet edevatı lastik bir bota yükledi. Diğer herkes tekneden atlayıp kıyıya yüzdü.

Kumsalda, çocukların çoğu metal dedektörlerini kapıp define avına çıkarken büyükler şnorkel ve paletlerini taktı. Nellie gibi havlularını kumlara serip güneşlenenler de vardı tabii. Nellie havlusuna serilip güneş gözlüğünü ve kulaklıklarını taktı.

"Küçük hanım," diye seslendi ikinci kaptan

Amy'ye. "Ve sen, dostum. Yanıma gelin. Bende bir emanetiniz var."

Amy şaşırdı. "Ne acaba?" Hâlâ bottaki eşyaları boşaltan adamın yanına gittiler.

Adam şortunun ceplerini karıştırdı. "Ah, işte burada! Denize açılmadan önce bir arkadaşınız geldi. Adaya vardığımızda bunu size vermemi istedi." Amy'ye bir kâğıt parçası uzattı.

"Arkadaşımız mı?" dedi Dan. "Adını söyledi mi?"

Adam başını iki yana salladı. "Hayır."

"Dış görünüşü nasıldı?"

İkinci kaptan kaşlarını çatarak hatırlamaya çalıştı. "Yaşlı bir beydi. Galiba üzerinde gri bir gömlek vardı."

"Asyalı mıydı?" diye sordu Dan. Amy kardeşinin kimi kastettiğini hemen anladı, çünkü o da aynısını düşünüyordu. Bu esrarengiz arkadaş Alistair Oh olabilir miydi? Ya da belki amcası Bae'ydi.

"Yüzünü iyi göremedim. Şapkası ve güneş gözlüğü vardı," dedi adam gülümseyerek. "Şnorkel ister misiniz?"

"Şimdilik hayır. Teşekkürler," dedi Amy.

Ama Dan, "Aslında iyi olur," diye atıldı. Bir şnorkel alıp Amy'ye de bir tane verdi. "Ne olur, ne olmaz," diye fısıldadı.

Adam onlara dostça el salladı. Nellie'yi gösterdi. "Arkadaşınıza söyleyin. Sırılsıklam olmak istemiyorsa havlusunu çeksin. Birazdan gelgit başlar."

Dan'le Amy gruptan ayrılarak koyun ilerisindeki kayalıklara gitti. Amy kâğıdı açarken Dan merakla başını uzattı.

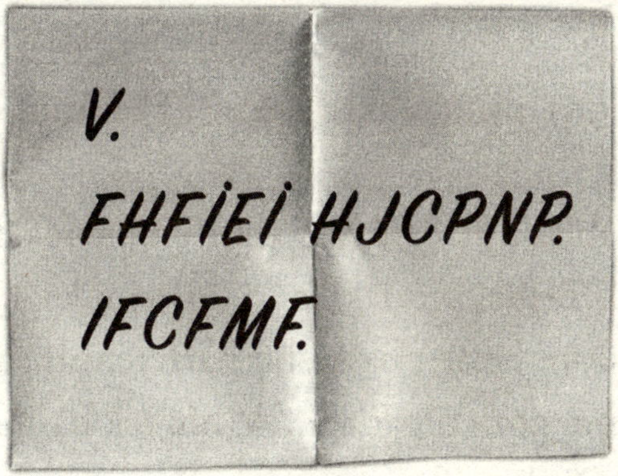

"Al sana bir şifre daha!" diye homurdandı Dan. "Neden hep bu kadar zor olmak zorunda? Bir kere de mesaj açık olsun."

Amy iç çekti. "İşimize yarayıp yaramayacağını bile bilmiyoruz. Daha önce de esrarengiz şifrelerle karşılaştık. Bazıları faydalı oldu bazıları da bizi tuzağa düşürdü."

"Her şekilde ne anlama geldiğini çözmeliyiz," dedi Dan.

"Pekâlâ. İlk harf V. V'yle başlayan kelimeleri düşün. Vagon, vadi, vahşi... Yok, bu şekilde bir yere varamayacağız."

"Trenle gidilen bir vadi bul ve orada vahşileri ara," diye dalga geçti Dan.

"Aman ne komik! En azından deniyorum."

"Rastgele bir tahmin yapamayız. Başka bir yolu olmalı."

Amy ona pişmanlıkla baktı. "Haklısın. Aptallık ettim."

Dan ablasının özrüyle şaşkına dönerek kaşlarını kaldırdı. "Bekle, bir dakika." Gözlerini kâğıda dikti. "Ya bütün harfler başka bir harfi temsil ediyorsa?"

Amy'nin gözleri parladı. "V'nin tek başına bir kelime olduğu bir dil var mı acaba?"

"Nereden bileyim?" diye homurdandı Dan.

Amy başını iki yana salladı. "Ama biri bu notu çözmemizi istedi. Yoksa bize neden bıraksın?"

"V'nin sonundaki noktaya dikkatini çekerim. Yani eğer bu tek bir kelimeyse aynı zamanda bir cümle yerine geçiyordur."

Amy derin bir iç çekti. "Yine atıp tutmaya başladık."

"Hey!" diye bağırdı Dan. "V. bir sayı olmasın sakın?"

Amy bir an anlayamadı. Kaşlarını çatıp düşündü.

Sonra, "Tabii ya!" diye bağırdı. "V. Roma rakamlarında beş demek."

Dan üzerinde oturduğu kayadan kumlara atladı. Dalgaların sürüklediği bir dalla kumlara alfabeyi yazdı.

"Beş. Anahtar kelime bu."

A B C D E

F G Ğ H I

İ J K L M

N O Ö P

R S Ş T U

Û V Y Z

"Her harften ileri beş sayıyoruz. İlk kelimeyi söyle."

Amy yüksek sesle okudu. "F-H-F-İ-E-İ."

"Yavaş, yetişemiyorum. F yani İ." Dan kumlara

yazmaya devam etti. "H, L'ye denk geliyor. Sonra sırayla yine İ, N, I, N... İLİNIN? Ama bunun bir anlamı yok ki." Öfkeyle kumları tekmeledi. "Tüh ya. Bu şekilde bulabileceğimizden emindim."

Amy hâlâ bir kayanın üzerinde oturuyordu. Dan'in yazdığı alfabeyi tersten görüyordu.

"Bir dakika," dedi ve elindeki not kâğıdıyla kumdaki alfabeyi karşılaştırdı.

Sonra heyecanla kafasını kaldırdı.

"Şifre doğru, ama ileri değil, geriye doğru sayacaksın." İki kardeş bu kez harflere birlikte baktı.

Mesajı çözmeleri uzun sürmedi.

"Olamaz," diye inledi Amy. Ama Dan'in gözleri parlıyordu. "Yaşasın!"

DÖRDÜNCÜ BÖLÜM

Natalie Kabra bir haftadan fazladır kâbuslarla boğuşuyordu.

Her gece aynı rüyayı görüyordu. Amy Cahill -saçları hayatında kuaför yüzü görmemiş gibi darmadağınıktı- ve kardeşi Dan (o da perişan bir haldeydi) bir uçak hangarındaydı. Oturdukları iskemlelere bağlandıkları için kıpırdayamıyorlardı ve bir uçağın pervanesi onlara yaklaşıyordu.

Ama hiç ses yoktu.

Cahill kardeşler sessiz çığlıklar atıyordu. Pervane hızla yaklaşıyordu. Ama biri televizyonu sessize almış gibi çıt çıkmıyordu.

Natalie rüyasında onların tam yanında duruyordu. Bir iskemleye bağlı değildi, ama hareket edemiyordu. Donup kalmıştı sanki. Ian annelerinin yanındaydı. Yüzü endişeyle çarpılmıştı. Pervane ilk Dan'e çarptı. Sonra Amy'ye...

Ve ses sonuna kadar açıldı.

Ama ne pervanenin gürültüsü vardı ne de çığlıklar. Natalie tek bir ses duyuyordu.

Bir kahkaha.

Natalie her seferinde uykusundan bu sesle sıçrayarak ve ter içinde uyanıyordu. Hemen başucundaki lambaya uzanıyordu. Kendi odasında olduğunu anlaması birkaç dakika sürüyordu. İngiliz Kraliyet Ailesi'yle çalışan iç mimarın tasarladığı yatak odasının dört bir köşesine bakıp rahat bir nefes alıyordu. Duvarlardaki tanıdık tablolar (tabii orijinallerdi), özel sipariş üzerine yapılan yazı masası ve sandalyesi ve giyinme odasının kapısında asılı, ertesi gün giyeceği elbise yüreğine su serpiyordu. Yine de yeniden uykuya dalması uzun sürüyordu.

Her sabah uyandığında bütün kötü rüyalar gibi bu da aptalca geliyordu. Korkusu geçiyor ve Dan'le Amy'nin değil, Ian'la annesinin yanında durduğunu hatırlıyordu. Olması gereken yerde.

Tabii ya. Natalie bir Kabra'ydı. Bütün Cahill ailesinin en güçlüleri onlardı. Diğerleri yanlarından bile geçemezdi. Hele Dan'le Amy.

Hatta bu düşünce fazlasıyla zavallıca olmasa belki gülüp geçebilirdi bile.

ADANIN DOĞUSU.

MAĞARA.

Amy ve Dan kumlarda yazılı mesaja baktı.

"İmkânı yok," dedi Amy.

Dan parmaklarını şaklattı. "Belki mağarada kediler yaşıyordur."

"Öyle bile olsa uysal ev kedileri değiller herhalde? Benim bildiğim mağaralarda kaplanlar ve panterler yaşar."

"Karayipler'de kaplan ne gezer?" dedi Dan ukalaca. "Hem sokak kedileri de mağarada yaşayabilir."

Amy çabucak etrafına bakındı. "Sil şunu." Dalgalar mesajı yalamaya başlamıştı bile. Dan ayağıyla kumları dağıttı.

Çantalarını almaya gittiklerinde Nellie hâlâ güneşleniyordu.

"Nereye?" diye sordu dirseklerine dayanarak.

"Ma..." diye başladı Dan.

"Yürüyüşe çıkıyoruz," diye atıldı Amy.

"Ben de geliyorum," dedi Nellie doğrularak.

"Yalnız gideceğiz," diye diretti Amy.

Nellie güneş gözlüğünü kafasına itti. "Yapma, Amy. Benim görevim sizi korumak. Bu konuda ne kadar iyi olduğumu defalarca kanıtladım."

Amy duraksadı. Mağaralar tehlikeli olabilirdi. Başlarına bir iş gelirse...

Potansiyel tehlike ya da potansiyel hain. Hangisi daha tehlikeliydi? Amy bir kez daha önemli bir kararın eşiğine geldi. Av bitmeden daha neler görecekti kim bilir?

"Tamam, gel," dedi sonunda, "Bir mağaraya gidiyoruz. Ama içeri yalnız gireceğiz."

Böylece mağarada bulduklarını kendilerine saklayabileceklerdi.

Nellie bozulmuş gibi görünse de gözlüğünü gözüne indirdi. "Anlaşıldı," dedi ruhsuz bir sesle.

Doğuya doğru yürümeye başladılar. Kaptanın yanından geçerken, Nellie halatlardan birini ödünç istedi.

"Tabii," dedi adam. "Ama ne yapacaksınız ki?"

"Halat çekme yarışması," diye atıldı Dan.

Adam güldü ve halatı Nellie'ye uzattı. Nellie onu omzuna attı.

"Mağaralar ve halatlar," diye mırıldandı Amy. "Aman ne hoş."

Ada küçüktü. Doğu ucuna ulaşmaları yalnızca on dakika sürdü. Altın kumsalı geride bırakıp kıyıya dik inen kayalıklara yöneldiler. Amy mavinin her tonunu içinde barındıran denize baktı.

Dan ileriyi işaret etti. "Kayalıklar bitiyor. Mağara şuralarda bir yerde olmalı." Biraz daha yürüdüler, ama bir mağara girişi göremediler.

"Sudan yürüyelim," dedi Dan. Tişörtünü çıkarıp sırt çantasıyla birlikte kumlara attı. Çantasından bir el feneri çıkardı. İki çocuk da el fenerlerinin ipucu avında ne kadar gerekli olduğunu öğrenmişti. Dan kayalıkların arasından geçip birinin kenarına oturdu. Şnorkelini taktı ve suya atladı.

Amy'yle Nellie daha ihtiyatlıydı. Yine de, az sonra onlar da sudaydı. Burada deniz yalnızca kalçalarına kadar geliyordu. Deniz tabanı kumdu, ama ara sıra kayalıklar da vardı. Hayattaki tek amaçları denize girenlerin bileğini burkmaktı sanki.

"Buraya gelin!" diye seslendi Dan.

Kumsaldan gördükleri büyük kaya oluşumlarının

yanında duruyordu. Mağaranın girişi deniz seviyesinden yüksekteydi. Kıyıdaki kayalar Dan'den biraz uzun görünüyordu, ama burada deniz tabanı eğimliydi. Kayalıklar Nellie'nin bile boyunu aşıyordu ve su Dan'in beline geliyordu.

Kızlar da ona katıldı. Mağaranın girişi bir kişinin sığabileceğinden belki biraz büyüktü, ama iki kişinin geçmesi imkânsızdı. Giriş yüksekti. Nellie'nin bile eğilmesine gerek kalmazdı. Dan deniz tabanından bir taş alıp girişe fırlattı.

Yalnızca su sesi geldi. Demek ki, taş bir duvara çarpmamıştı.

"Büyük bir mağara," dedi Dan.

"Önce önlemimizi alalım," dedi Nellie. Omzundaki halatı indirdi.

Halatın bir ucunu Dan'in beline düğümlediler. Amy ipi ortadan beline bağlayıp diğer ucu Nellie'ye attı.

"On beş dakikaya dönmezseniz arkanızdan geleceğim," dedi Nellie.

Dan mağaraya girmişti bile. "Pisipisipisi," diye seslendi. "Kedicik? Neredesin?"

"Bekle," dedi Amy ve Nellie'ye döndü. "Bir tehlike anında ipi iki kere çekeceğiz. Sen de yanımıza geleceksin."

Nellie başını salladı. Bir kayalığa yaslanıp ipin ucunu beline bağladı.

Amy suda birkaç adım yürümüştü ki, yine arkasını döndü. Bir sonraki adımında mağaranın tamamen içinde olacaktı. Dikkatle etrafına bakındı. Bir mezar odasına girdiklerinde hemen girişteki ipucunu kaçırmışlardı. Yeniden aynı hataya düşmek istemiyordu.

"Dan!" dedi heyecanla.

Gözlerini girişteki duvarın tavanına dikmişti.

Taşa kaba saba bir ayı resmi kazınmıştı. Yalnızca kafası ve vahşi pençeleri görünüyordu.

Tomas klanının sembolü.

Nellie, belindeki ipe sıkı bir düğüm atmıştı. Şimdilik ortalık süt limandı. Ama şu ikisiyle birlikteyken macerasız tek bir günleri bile geçmiyordu ki. Halata baktı. Titreşim yavaşça durdu, ama ip gerilmedi. Demek Dan'le Amy bir noktadan sonra ilerlemekten vazgeçmişti. Belki yakında mağaradan çıkarlardı.

Kumsalda bıraktığı sırt çantasına özlemle baktı. iPod'u da oradaydı. Kulaklarında müzik yoktu belki, ama kafasının içinde daima bir melodi vardı. Arkasındaki kayalıklara yaslanıp mırıldanmaya başladı.

"Bayan Gomez."

Nellie az kalsın suya düşüyordu. Tam zamanında dengesini bulup ayaklarını sıkıca kumlara bastı.

Bu sesi nerede duysa tanırdı. Yumuşak ve hafifçe çatallıydı. Kalbi çarparak başını çevirdi. Siyahlı adam kumsalla arasında duruyordu.

Ama bugün griler içindeydi. Uzun kollu, gri bir kampçı gömleği ve gri bir pantolon giymişti. Kafasında gri bir şapka vardı. Güneş gözlüğü bile griydi.

Nellie omuzlarını dikleştirip gözlerini adamın yüzüne dikti.

"Dostum," dedi "bir kere de böyle sinsice yaklaşmasan olmaz mı?"

Siyahlı adam mağaranın girişine doğru baktı. "Sessiz ol," dedi çatallı sesiyle.

Nellie omzunu silkti. Onun yanındayken hep huzursuz oluyor ve bunu kayıtsızlıkla gizlemeye çalışıyordu. "İp var," dedi. "Yaklaşırlarken söylerim."

Onu baştan aşağı süzdü. "Gri bu yıl modaymış diye duydum."

"Her zamanki kıyafetim tuhaf kaçacaktı. Boş ver şimdi bunları. Bana verecek haberlerin varmış."

"Evet," dedi Nellie. "Onlara McIntyre'a çalıştığımı söylemek zorunda kaldım."

Adam bir an sessiz kaldı. "Büyük şanssızlık," dedi sonra.

Sesindeki soğukluk Nellie'nin içine tuhaf bir ürperti yayılmasına sebep oldu. *Seni sindirebileceğini sanmasına izin verme*, diye düşündü.

"Söylemesi kolay," dedi. "Sen onlarla konuşmak zorunda bile kalmıyorsun. Ama ben onlarla yaşıyorum! Ne kadar zor olduğu konusunda bir fikrin var mı?"

Adam elini kaldırdı. "Çaban takdir ediliyor."

Nellie burnunu çekti. "Artık bana güvenmiyorlar. Ama bu şekilde bazı şeyler daha kolay olur belki. Beni McIntyre'la iletişim kurmaya çalışırken yakalarlarsa şüphelenmezler. Seninle ya da başka biriyle ilgili hiçbir şey söylemedim. Dolayısıyla anlaşmamın şartları hâlâ geçerli."

Günlerdir kafasında kurduğu bu konuşmayı yapabildiği için mutluydu.

"Anlaştık," dedi adam. "Ama başka hiçbir güvenlik ihlali istemiyorum. Son mesajın şifresini çözdüler. Sen mi yardım ettin?"

"Hayır," dedi. "Söyledim ya? Bana güvenmiyorlar. Özellikle de Amy. Mesajdan bahsetmediler bile."

Adam ona doğru eğilip sesini biraz daha alçalttı. "Önümüzdeki şu birkaç günün ne kadar önemli olduğunu hatırlatmama gerek yok herhalde? Madrigal'lar son darbeyi indirmek için sabırsızlanıyor."

Nellie içindeki pişmanlıkla boğuştu. *O çocuklara bunu nasıl yaparım?*

Başka bir yanı *yapmalısın*, dedi. *Tek meselenin para olmadığını biliyorsun.*

"Onlara biraz daha zaman tanıyamaz mısın?" diye yalvardı. "Daha çocuklar!"

Siyahlı adam başını iki yana salladı. "Risk büyük."

Nellie omurgasından aşağı yayılan ürpertiyle sarsıldı. Sonra böyle hissetmesinin tek sebebinin Siyahlı Adam'la yaptığı konuşma olmadığını fark etti. Sular yükselmişti. Şimdi neredeyse beline geliyordu. Mağaranın girişine baktı. Doksan santim kadar bir açıklık kalmıştı.

"Artık çıkmaları lazım," dedi. Nellie'nin mağaraya girmesini isterlerse ipi iki kere çekeceklerdi. Ya onlar dışarı çıkmak isterse?

"Ben bir bakayım," dedi.

Ama başını çevirdiğinde Siyahlı Adam gitmişti.

BEŞİNCİ BÖLÜM

Mağaranın içi zifiri karanlık değildi. Siyahın daha açık bir tonuydu. Öyle bir renk varsa tabii.

Dan yolu gösteriyordu. Girişten sızan ışık ve el fenerinin aydınlığında duvarlar pütürlü ve çukurluydu. Dan iki adımda bir durup el fenerini tavanda ve duvarlarda gezdiriyordu.

Yavaş ilerliyorlardı. Yirmi adım kadar atmışlardı ki, mağaranın ucundaki duvara ulaştılar.

"Buraya kadar," dedi Dan.

Artık mağaranın o kadar büyük olmadığını biliyorlardı. Genişliği dört metre kadar, uzunluğu ise dokuz küsur metreydi. Tavanın boyu girişte daha alçaktı. İçeride tüneller ya da dar geçitler yoktu.

"Gözden kaçırdığımız bir şey var, ama ne?" dedi Amy.

"Belki de doğru yerde değiliz. Buralarda başka bir mağara mı var acaba?"

"Girişteki Tomas armasını unutuyorsun."

"Ama burada hiç kedi yok ki," dedi Dan.

"Bir de kenarlardan yürüyelim," diye önerdi Amy.

Sağa dönüp yavaşça mağaranın duvarına doğru yürüdüler.

Dan duvara dokundu. Sert bir taştı. Belki de granit. Minik dalgalar duvarları yalıyordu. Su neredeyse göğüslerine kadar yükselmişti.

Bir dakika!

"Gelgit," dedi Dan. "Sular yükseliyor!"

"O halde elimizi çabuk tutmalıyız," diye homurdandı Amy.

Biraz daha yürüdüler. Dan el fenerinin ışığını duvarlara doğru tuttu.

"Bu da çok hızlı oldu," dedi Amy. "Yavaşla."

Duvarları yoklayarak ilerlediler. Dan endişeyle suya baktı ve birden uyandı!

"Ya aradığımız şey suyun altındaysa?" diye mırıldandı.

Amy sıkıntıyla inledi. "O zaman sular çekildiğinde yeniden gelmek zorunda kalacağız. Hatta buradan hiç ayrılmasak mı acaba? Nellie kumsala gidip onlarla dönmeyeceğimizi haber verebilir."

Ama Dan onu dinlemiyordu. "Al şunu," dedi el fenerini ablasına uzatarak. "Tam şuraya doğru tut." Mağara duvarının okyanus tabanıyla birleştiği yeri işaret ediyordu. Bir odanın köşesi gibi düz değildi. Duvarın dibinde kaya çıkıntıları vardı.

Dan aslında tam görememişti. Ama orada bir tuhaflık olduğunu hissediyordu.

Şnorkelini takıp derin bir nefes aldı ve dibe daldı. Yarı yüzerek, yarı emekleyerek dipteki kayaları yokladı. Ama demin gözüne çarpan şeyi bir türlü bulamadı.

Yüzeye çıkıp şnorkelin ağızlığını çıkardı. "Feneri sıkı tut. Elin titriyor. Hiçbir şey göremiyorum."

"Benimle bir ilgisi yok," dedi Amy. "Dalgaların hareketi. *Refraksiyom.*"

"Refraksiyon," diye düzeltti Dan. "Işığın kırılması."

"Her neyse. Burada daha fazla kalamayız. Hiç güvenli değil." Su neredeyse Dan'in boynuna kadar yükselmişti.

Ablasının haklı olduğunu biliyordu. "Birkaç kere daha dalayım çıkarız," dedi. "Galiba…"

Ama uğursuzluk getirir diye düşüncesinin sonunu getirmedi. Şnorkeli düzeltti ve daldı.

Kaya. Daha büyük bir kaya. Parmak uçlarıyla her birini yokladı. Hiçbir şeyi gözden kaçırmadığından emin olmak istiyordu. Kaya, minik çakıl taşları, kaya…

Çakıl taşları mı? Etrafta hiç çakıl taşı yoktu. Bütün kayalar en azından bir beyzbol topu büyüklüğündeydi.

Yüzeye çıktı. "El fenerini ver," dedi sakin görünmeye çalışarak.

"Bir şey mi buldun?"

"Hayır. Yani emin değilim." Fenerin ışığını demin araştırdığı yere doğru tuttu. "Of ya! Keşke bir sualtı lambası getirseydik!"

Fenerin ışığını bir kez daha aynı yere doğru tuttu.

"İşte şurası! Işığı şuraya doğru tut. Sakın kıpırdatma."

Bir kez daha suya daldı. Az önce gördükleri çakıl taşı değildi. İki kaya arasında bir zincir vardı. Parmaklarını zincirin halkalarına sokup çekmeye çalıştı, ama yerinden oynatamadı.

Dan zincire basıp ayağa kalktı. Su çenesine kadar yükselmiş ve dalgalar irileşmişti.

"Dan! Buradan hemen çıkmalıyız!" dedi Amy. El fenerini tutan elini havaya kaldırmak zorunda kalmıştı.

Dan tekrar dalıp zinciri çekiştirdi. Diğer eliyle de kayaları itiyordu. Bu sefer zinciri bırakıp kayaları oynatmaya çalıştı.

O sırada omzunda bir el hissetti. "Dan, hadi!"

"Hayır!" Ağzına çarpan dalgayla su yutup öksürmeye başladı.

"Son bir kez deneyeceğim," dedi ve derin bir nefes alıp daldı.

Dan bu sefer zinciri var gücüyle çekti. Kayalar hafifçe yerinden oynadı ve zincir nihayet sıkıştığı yerden kurtuldu.

Dan ayağa kalkıp zinciri boynuna iki kere doladı. Kafasının suya gömülmemesi için parmak uçlarına yükselmişti. Şnorkelin artık bir anlamı yoktu. Suratına dalgalar çarpıyordu. Mağaranın girişinde birkaç santimlik açıklık kalmıştı.

Amy tek kelime etmedi, ama Dan onun ne kadar paniklediğini görebiliyordu.

"Yüzmemiz gerekecek," dedi. "Gel, çok uzak değil."

Amy el fenerini düşürdü. Fener mağaranın tabanına çarptığında söndü.

"DAN! AMY!" Nellie girişten onlara sesleniyordu. "Çabuk çıkın oradan! Halatı çekiyorum. Hazır mısınız? Bir, iki, ÜÇ!"

Dan biraz ilerideki ablasının telaşla sıçradığını gördü. Nellie'nin ipi çekmesiyle havalandı ve başını tavandaki kayalara vurdu.

Güç bela ayağa kalktığında alnından yol yol kanlar akıyordu!

"DUR!" diye bağırdı Dan. "Nellie, dur!"

"Ne oldu?"

"Amy kafasını vurdu." Suratına çarpan dalgayla öksürdü.

Amy sersemlemişti. Ayakta zor duruyordu.

"Amy!" Dan halatı çekti. Ama Amy belindeki ipi tutarak Dan'e direndi.

Dan sularla boğuşuyordu. Derin bir nefes alıp Amy'ye doğru yüzdü ve kolunu yakalamaya çalıştı. Ama Amy onun elinden kurtularak mağaranın derinliklerine doğru sürüklendi. Dan onu bir kez daha yakalayıp çekti.

"AMY! BU TARAFTAN!"

Amy su yuttuğu için durmadan öksürüyordu. Ama en azından artık Dan'e direnmiyordu. Dan kolunu ablasının omzuna atıp yüzmeye çalıştı. Kollarını kullanamadığı için ayaklarını çılgınca çırpıyordu.

Dan hayatında hiç bu kadar korkmamıştı. Bunca kan nereden geliyordu? Amy'nin başındaki yara çok mu ciddiydi? Nellie'ye seslenmeye çalıştı. "Nel..." Ve bir dalga sesini yuttu.

Amy'nin başını su yüzünde tutmak için büyük bir gayret gösteriyordu. Ciğerleri yanmaya başlamıştı. Derin bir nefes almaya çalıştı, ama yine ağzına burnuna sular kaçtı. Amy elinden kayarken son anda yakaladı.

Neyse ki, o anda Nellie can havliyle ikisini birden sudan çekti.

Ama henüz mağaradan çıkamamışlardı. Nellie ya girişe yakın bir yerde bekliyordu, ya da belki onların ağırlığıyla içeri çekilmişti. Kafasını suyun üzerinde tutmaya uğraşıyordu.

Amy'yi koltuk altlarından tuttu. "YÜZ!" diye bağırdı Dan'e.

Ama Dan ablasına sıkıca sarıldı. Onu bırakmak istemiyordu. Korkunç bir an için o ve Nellie, Amy için savaştı.

"DAN! Amy'yle ben ilgilenirim. Sen hemen ÇIK BURADAN!"

Dan bir sonraki dalgayla mağaranın dışına doğru sürüklendi.

Dışarıda Dan'i bambaşka bir dünya karşıladı.

Güneş parlıyordu ve dalgalar daha sakindi. Kumsalda geçirmek için mükemmel bir gündü. Dan sendeleyerek kayalıklara tırmandı. Nellie de tam o sırada Amy'yi çekiştirerek mağaradan çıktı.

Amy'yi kumsala taşıdılar. Nellie onu sıcak kumların üzerine yatırıp üzerine eğildi.

"Nefes alıyor," dedi. Ne kadar rahatladığı sesinden belliydi.

Dan ablasının yanına çöktü. Amy öksürmeye başladı.

Dan bunun şimdiye kadar duyduğu en güzel ses olduğunu düşündü.

Amy bir şeyler söylemeye çalıştı, ama yine öksürüklere boğuldu. Nihayet nefesi düzene girdi.

"Dan? Dan, iyi misin?"

Dan'in boğazına bir yumru oturdu. O da öksürmeye başladı. Sonra ikisi de güldü. Ve Dan belki birazcık ağladı. Ya da gözüne deniz suyu kaçmıştı.

Nellie hayretle başını iki yana salladı. "Komik olan ne? Az kalsın boğuluyordunuz!"

Amy, Dan'e baktı.

"Iyyy," dedi Dan gülerek. "Korkunç görünüyorsun."

Katamarana döndüklerinde Nellie birinci kaptanı Amy'nin yanına yaklaştırmadı.

"Ama ilkyardım eğitimi aldım," dedi adam.

"Ben de," dedi Nellie. "Ayrıca Kızılhaç sertifikam var."

Kaptan ona ilkyardım çantasını uzattı.

Amy'nin yüzündeki kanlar temizlenince Dan rahat bir nefes aldı. Amy şimdi çok daha iyi görünüyordu. Sol şakağının biraz üzerinde yedi, sekiz santimlik bir yarık vardı.

"Kafadaki yaralar çok kanar ve olduklarından daha kötü görünürler," dedi Nellie profesyonel bir tavırla. Yarayı temizleyip sardı. İşaretparmağını sağa sola kaydırarak Amy'ye onu takip etmesini söyledi. Sonra ona birkaç basit matematik sorusu sordu.

"Otele döndüğümüzde seni bir doktora gösteririz," dedi. "Şimdilik sadece dinlen." Dan birkaç minder getirdi ve Amy'yi yatırdılar.

Amy sürekli iyi olduğunu söylüyordu. Diğer yolcular için turun geri kalanını mahvetmek istemiyordu. Ama kaptan ona aldırış etmedi. Tekne geri dönüp Nellie ve iki çocuğu Oceanus'a bırakacaktı.

Nellie birinci kaptandan Amy'ye içecek bir şeyler getirmesini rica etti. Dan, Amy'nin yanına oturdu. Bacakları titriyordu. Yaşadıklarının şokuyla hâlâ midesine kramplar giriyordu. Oysa daha önce defalarca başları derde girmişti. Ama Dan hiçbirinde bu kadar korktuğunu hatırlamıyordu. Amy'nin yüzündeki kanları düşündükçe güneşe rağmen titriyordu.

Bu saatten sonra Nellie'ye güvenemeyiz. Ya Amy'nin başına daha kötü bir şey gelseydi?

Dan güçlükle yutkundu.

Gözlerini uzaklara dikti. Bugün birçok tekne denize açılmıştı. Suyun üzerinde zarifçe süzülen bir yelkenli, gökkuşağı renklerinde bir sandal, siyah, lüks bir yat... Elini teknenin parmaklığına uzattığında bileğindeki acıyla irkildi.

"Hay aksi," dedi kolunu sıvayarak. "Ben bunu tamamen unuttum."

Bileğindeki zincire baktı.

"Bu ne?" diye sordu Amy hevesle.

Dan teknedekilere arkasını dönüp zinciri çıkardı. Ucunda bir şey sallanıyordu. Birkaç santim uzunluğunda, ince ve kıvrık bir cisim. Zincir de, o da zamanla donuk bir griye dönüşmüştü. Ama bir zamanlar sarı olduklarını anlamak güç değildi.

"Altın," dedi Dan keyifle. "Gümüş de olabilir. Başka her şey tuzlu suda mahvolurdu."

"Ne bu? Bir köpekbalığı dişi mi?" Amy ısırmasından korkar gibi ona usulca dokundu.

Dan başını iki yana salladı. "Hayır. Onlar üçgen ve daha yassı olur. Bu bir çeşit pençeye benziyor. Belki bir kuş pençesidir."

"Vay canına. Dev bir kuş olmalı."

"Ancak bir kartal ya da şahin olabilir."

"Ya da süper güçlere sahip bir tavuk," diye kıkırdadı Amy.

Dan ona bakakaldı. Amy, İpucu Avı söz konusuyken böyle espriler yapmazdı. Belki de kafasını vurduğu için huyu değişmişti.

Amy onun aklından geçenleri okumuş gibi "Kusuruma bakma," dedi. "Kafam iyi çalışmıyor. Yoksa çok basit."

"Yok canım. Ne kusuruna bakacağım? Her zamanki halin," diye alay etti Dan.

"Zevzekliğin lüzumu yok. Hâlâ anlamadın mı? Tomas'ların mağarası."

İşte o zaman Dan'in kafasına dank etti. Şu Amy gerçekten de zehir gibi kızdı.

"Ayı pençesi!" diye bağırdılar aynı anda.

ALTINCI BÖLÜM

Ian dürbününü ayarladı.

"Elinde bir şey var," dedi "ama ne olduğunu göremiyorum. Uzun ve sivri uçlu…"

"Yine mi diş?" diye sordu Natalie.

Annesinin bileğine göz attı. Isabel kalın, altın bir zincir takmıştı. Ucunda altın süsler vardı. *Çok klas,* diye düşündü Natalie. *Sade, ama pahalı.*

Süslerden biri altın bir kurt dişiydi. Natalie bunun neden önemli olduğunu bilmiyordu. Tek bildiği İpucu Avı'nın bir parçası olduğuydu. Isabel bir yerlerde buna benzer başka süsler de olduğuna inanıyordu.

Aileye ait *Manidar* adındaki yattaydılar. Natalie bu siyah, lüks yatın her şeyine ve özellikle de adına hayrandı. Fikir Isabel'den çıkmış, ama büyük işi çocuklar yapmıştı. İnternette gezinip yata en çok yakışacak ismi bulmuşlardı.

Manidar Daima Lucian'lar sloganı için en uygun anagramdı. Bu kelimedeki bütün harfler sloganda da geçiyordu.

"Sonuçta onu bulmuşlar," dedi Isabel öfkeyle. Dürbününü indirip gözlerini Ian'a dikti. "Mağaranın Tomas'lara ait olduğunu ne zamandır biliyoruz? Orayı kaç kere aradınız?"

Ian usulca bir şeyler mırıldandı. Natalie bir annesine, bir kardeşine baktı. "Belki daha önce orada değildi. Dalgalarla sürüklenmiş olamaz mı? Ya da biri bilerek oraya bıraktı."

Isabel'in delici bakışlarıyla sindi. "Bana bahane üretme, Natalie! O veletler sizi yine alt etti!"

Gaz kolunu itti ve tekne ileri atıldı.

"İkinizi de uyarıyorum," diye tısladı Isabel. "Artık tahammülüm kalmadı."

Natalie dünyanın onları nasıl gördüğünü biliyordu. O ve Ian altın çocuklardı. Hayatta istedikleri her şeye sahiplerdi: Para, güzellik ve zekâ. Natalie bir tek annesinin yanında kendine olan güvenini kaybediyordu. Isabel'leyken ürkek, kararsız ve beceriksiz bir kıza dönüşüveriyordu.

Özellikle de son zamanlarda. Her zaman saçı başı yapılı, şık ve dünyaya meydan okuyan bir anneyle baş etmek kolay değildi. Isabel hem çok zengin hem de kendinden son derece emin bir kadındı.

Natalie *Manidar*'ın pruvasında tek başına dikilerek kendini toplamaya çalıştı. Annesi, Dan ve Amy konusunda sinirlerine hâkim olamıyordu. Şu ikisi Kabra ailesini birbirine katmaktan bıkıp usanmamış mıydı?

İpucu Avı'nı Kabra'lar kazanmalıydı. Bu kadar basitti! Başka kim o büyük gücü ve onca sorumluluğu elinde tutabilirdi ki? Mankafa Holt'lar mı? Medya maymunu Wizard'lar mı? Beceriksiz Alistair Oh ve bir ayağı çukurda amcası mı?

Bunlardan birinin Cahill ailesini yönettiğini düşünmek bile imkânsızdı.

Ian'la Natalie, İpucu Avı'nın başından beri bütün cevapları bulmak için uğraşıp didiniyordu. Hatta bazen sırf Isabel'in takdirini kazanmak için birbirleriyle bile yarışıyorlardı. Ama Dan'le Amy onları her seferinde alt ediyordu.

Nasıl olurdu? *Onlar koca bir hiç! Ne aileleri var ne de güçleri. Emirlerinde çalışanları bile yok! O kaçık bakıcılarını saymazsak tabii. Bizi nasıl yenerler?*

En kötüsü de annesinin Natalie'ye olan inancını kaybetmesiydi. Ian'a da öyle. Rusya'daki başarısızlıklarından beri Isabel ipleri eline almıştı. Ian'la Natalie kendilerini ona bir türlü beğendiremiyordu.

Natalie güneşin altında titredi. Hangardaki manzara gece rüyalarına girdiği gibi, gün içinde de aklına geliyordu. Pervane önce yavaşça dönüyor, ama giderek hızlanıp ölümcül bir girdaba dönüşüyordu. Korkunç bir vınlamayla sandalyeye bağlı çocuğa doğru ilerliyordu.

Natalie gözlerini yumdu. Ama hayalindeki hatıra silinmedi.

Buna asla izin vermeyecekti.

Son anda pervaneyi durduracaktı.

Onları bu şekilde öldürmeyecekti.

Natalie kardeşiyle birlikte Dan'le Amy'yi defalarca tuzağa düşürmeye çalışmıştı. Ama planlarını özenle yapmışlardı. Sonuçlarına şahit olmayacakları şekilde.

Natalie eylemlerinin korkunç sonuçlarıyla asla yüzleşmek zorunda kalmamıştı. Bunun yerine, Dan'le Amy'nin sonsuza dek yollarından çekileceğini ummakla yetinmişti.

Isabel ipleri eline aldığında benzer planlar yapmıştı. Madendeki zehirli yılanlar, Endonezya'daki yangın... Bunlar başarılı olsaydı, Cahill'lerin son anlarında Kabra'lar yanlarında olmayacaktı. Böylece Natalie de kanlı hayaller görmeyecekti.

Ama o pervaneyi bir türlü aklından çıkaramıyordu işte.

Bir martı kahkahayı andıran bir çığlık attı. Rüyasındaki sese benziyordu.

Natalie inleyerek gözlerini açtı. Rüyasında gülen kişi Isabel'di.

Annesi Cahill'lerin korkunç ölümüne gülebilecek kadar kalpsiz miydi? Rüyasının anlamı bu muydu?

Hayır!

Annem mükemmel bir kadın! Benim dışımda kimse onu anlamıyor. Ian bile. Bazen fazla talepkâr olabiliyor, ama bu onun kararlılığından kaynaklanıyor. Beni uyarmıştı zaten. İnsanlar güçlü kadınlardan hoşlanmaz demişti...

Natalie, Ian'ın annesiyle ilgili endişeleri olduğunu biliyordu. Kardeşinin annesinin gözlerinin içine bakamadığını ve bazen kendi kendine bir şeyler mırıldandığını görmüştü. Belki de o kadar şaşırtıcı değildi. Ne de olsa, Isabel'in emriyle pervaneyi o çalıştırmıştı.

O kahkaha başka ne anlama gelebilirdi?

Natalie çaresizce bahaneler üretmeye çalıştı. *Belki de başka bir açıklaması vardır...*

Birden kafasını kaldırdı ve kendi kendine güldü.

Sadece bir şakaydı! Annem onları korkutmak istedi. Rüya da bana bunu söylemeye çalışıyor. Asla o kadar ileri gitmezdi.

Natalie gönül rahatlığıyla kamarasına döndü. Dolabında geçen sezondan kalma kıyafetler vardı. Daha onları çöpe atacaktı.

YEDİNCİ BÖLÜM

"Şafame!"

Ağzı *cheeseburger*'le doluyken konuşmak kolay değildi tabii. Dan, "Şahane!" demeye çalışıyordu.

Nellie her şeyi ayarlamıştı. Doktor onları otelde bekliyordu. Amy'yi etraflıca muayene etmişti. Amy'nin başında hafif bir ezilme vardı ve büyük olasılıkla, ufak çaplı bir beyin sarsıntısı geçiriyordu. Doktor yarayı temizleyip Amy'ye günü dinlenerek geçirmesini tavsiye etti.

Nellie oda servisini aramıştı. Odaya döndüklerinde onları hamburgerler ve milkshake'ler bekliyordu. Dan'in yine kafası karıştı. Nellie'nin amacı düşmanlarına yardım etmekse iyi iş başarıyordu doğrusu.

Onları havaalanına götürecek taksi geldi. Cahill'ler Jamaika'ya gitmeye karar vermişti.

Yemeklerini bitirdikten sonra, Dan bavulunu ve Saladin'in kutusunu alıp arabaya gitti. Bu arada, Nellie otelden çıkış işlemlerini yaptırıyordu. Şoför bagajı açarken, Dan birden izlendiği hissine kapıldı. Usulca dönüp etrafına bakındı.

Otelin önündeki geniş avluda begonviller vardı. Pembe, kırmızı ve turuncu. Çiçeklere meraklı olanlar bayılırdı.

Dan dikkatle begonvillerin arasına baktı.

Kimseyi göremedi. Tam önüne dönecekti ki, en alttaki dallardan birinin arasından onu gözleyen bir çift göz fark etti.

Yeşil gözler.

Yeşil kedi gözleri.

Çantasını atıp koşmaya başladı.

"Hey!" diye seslendi Amy arkasından. "Nereye?"

"Kedi," diye bağırdı Dan.

"Dan, dur!"

Ama Dan kaçmaya başlayan kedinin peşinden gitti.

Kedi, Dan'i otelin arazisinden çıkardı. Yan yana dizili küçük dükkânların olduğu, uzun bir sokağa soktu. Sonra köşeyi dönüp gözden kayboldu.

Dan nefes nefese kalmasına rağmen pes etmedi. Ahşap binalar parlak, tropik renklere boyanmıştı. Hepsinin de verandaları, şezlongları ve rüzgâr çanları vardı. Fazlasıyla turistikti.

Ama arkaları büyük, metal çöp kutuları ve çöp torbalarıyla doluydu. Tam da kedilere uygun bir yerdi.

Dan yirmi dakika sonra otele döndüğünde, Amy endişeden deliye dönmüştü ve Nellie çok kızgındı. Dan onları görmeden önce seslerini duydu.

"Aklına estiğinde ortadan kaybolamazsın!"

"Neredeydin?"

"Ben..."

"Ne yapıyordun?"

"Şey diye düşündüm. Belki..."

Nellie iki parmağını ağzına sokup ıslık çaldı. "Zaman doldu!" diye bağırdı. "Arabada anlatırsın."

Onları arka koltuğa oturtup Dan'in sırt çantasını kucağına fırlattı.

"Ah!" diye bağırdı Dan. Altında şort vardı. Çanta çıplak bacaklarını acıtmıştı.

"Gerçek acı nedir şimdi öğrendim," dedi üzüntüyle. "Güneş yanığı üzerine kedi tırmığı."

"Ama sıradan bir kedi değildi ki," dedi Dan. Aniden ortadan kayboluşunu açıklamaya çalışıyordu. "Üç renkli bir kediydi. Yakalamaya çalıştım, ama beni tırmalayıp kaçtı."

Tırmık izlerinden birini ovuşturdu. "Bence gitmekle hata ediyoruz," dedi. "Daha şu kedi bilmecesini çözmedik. Hem Hamilton dedi ki..."

"Söyler misin, neden..." Amy birden sustu. Sonra gülmeye başladı.

"Bu kadar komik olan ne?" diye sordu Dan.

Amy cevap vermedi. Daha doğrusu, veremedi, çünkü kahkahalara boğulmuştu. Dan önce ona şaşkınlıkla baktı. Ama gitgide sinir olmaya başladı.

"Amy!" dedi sabırsızlıkla. Birinin sana gülmesini izlemek hiç de eğlenceli değildi.

Amy sonunda gözlerinden akan yaşları sildi. "Jack Rackham," dedi. "Şu korsan. Burada korsanlık yapmış ve sonra Anne Bonny de ona katılmış. Doğru mu?"

"Eee?"

"Jack'in adı..." Amy yine gülmeye başladı. Ama Dan ona öyle bir baktı ki, bu sefer kendini çabuk topladı.

"Jack'in takma adı... hahahaha... Calico Jack'ti."

"Calico Jack mi?"

Amy hâlâ kıkırdıyordu. "Hamilton *Calico Jack*, dedi ve sen onu *calico kedi* anladın."

"Aman ne komik," diye homurdandı Dan. Yüzü güneşten ve koşmaktan kızarmıştı. Bir de üzerine utancın kızarması eklenince pancar gibi oldu.

Konuyu değiştirme zamanı gelmişti. "Nellie, yanında yanık kremi var mı?"

Trafikte onları takip eden, siyah cipin hiçbiri farkında değildi.

Ve dolayısıyla iki aracı da takip eden büyük, gri arabanın da öyle.

Jamaika'daki, Montego Bay havaalanında, Nellie önce bir araba kiraladı. Sonra bir otel buldu. Yerel saate göre, henüz akşam sekizdi. Ama üçü de yorgundu. Dan kıyafetleriyle uyuyakaldı.

Ertesi sabah, kahvaltıdan sonra, arabaya atladılar.

"Kingston'a gidiyoruz," dedi Amy.

"Hıh," dedi Nellie eli kontakta. "Bir kere de, *canım Nellie'ciğim, bizi Kingston'a götürür müsün, lütfen*, deseniz dişimi kıracağım."

Amy kıkırdayacaktı ki, kendini tuttu. Az kalsın, Nellie'yle mesafelerini korumaları gerektiğini unutuyordu. *Belki de, her şeyin yeniden yoluna girmesini istediğim için*, diye düşündü.

"Acelemiz var," dedi ters bir tavırla.

"Ne zaman yok ki?" diye homurdandı Nellie.

Kingston, Montego Bay'e uzaktı. Oteldeki görevli, yolun dört saate yakın süreceğini söylemişti.

Amy, Dan'le konuşmak istiyordu. Ama Nellie'nin yanında olmazdı. Hemen pratik bir çözüm üretti.

"Kulaklıklarını tak," dedi. "Müziği de sonuna kadar aç."

Nellie iç çekerek ondan isteneni yaptı. Amy arka koltuğa geçti. Nellie'nin dikiz aynasından onlara baktığını görünce eliyle ağzını kapatarak usulca konuştu. Nellie'nin dudak okuyabildiğini sanmıyordu. Yine de işini şansa bırakmayacaktı.

"Enteresan bir kitap okuyorum," dedi. "*Korsanların Genel Tarihi.*"

"Amy..."

"Elinle ağzını kapa."

Dan, Nellie'nin kafasının arkasına göz attıktan sonra, ablasının dediğini yaptı. "Sekiz saattir Bahamalar'daydık. O sürenin yarısını bir teknede, öbür yarısını da doktorda geçirdik. Kitap almaya ne zaman vakit buldun?"

"Satın almadım. Oceanus'un kütüphanesinde internetten indirdim. Sen su parkındayken. Uçakta da okumaya başladım."

"Hepsini mi?"

"Hayır, şapşal. Sadece Anne Bonny ve Jack Rackham'la ilgili bölümleri. Yazarın adı, Kaptan Charles Johnson. Ama insanlar bunun bir mahlas olduğuna ve asıl yazarın, Daniel Defoe olduğuna inanıyor. Hani *Robinson Crusoe*'nun yazarı."

"Biliyorum," dedi Dan. "Ama herkesin beyni seninki gibi kütüphane kataloğu formatında değil."

Amy ona aldırmadan devam etti. "Anne Bonny, Rackham'ın mürettebatına katıldı. Bir erkek gibi giyiniyordu. Gemiciliği, kılıç kullanmayı ve diğer her şeyi öğrendi. Sadece Calico Jack onun bir kadın olduğunu biliyordu."

"Vay canına."

"Küba'da bebekleri dünyaya geldi. Ama Anne korsanlığı seviyordu. Çocuğunu bir dadıyla orada bıraktı. Sonra aralarına yeni bir korsan katıldı ve onun da bir kadın olduğu ortaya çıktı. Adı, Mary Read'di."

"Yok canım?" dedi Dan hayretle. "Bütün eski korsanlar aslında kadın mıymış?"

Amy başını iki yana salladı. "Hayır. Aksine. Onun için de, ikisinin birden aynı gemiye düşmesi büyük tesadüf. Muhtemelen, erkekler kadar iyi dövüşüyorlardı. Hatta belki daha bile iyi."

Duraksadı. *Nellie'yle tanışsalar, iyi anlaşırlardı.*

"İngiliz donanması sonunda Calico Jack'in gemisini ele geçirdi," diye devam etti. "Bütün mürettebat yargılandı. Hepsi suçlu bulundu ve asılmalarına karar verildi. Ama son dakikada, Anne ve Mary mahkemede hamile olduklarını söyledi. Hamile kadınları idam etmek yasalara aykırıydı. Onun için, hapse gönderildiler. Ve…"

"Dur, tahmin edeyim," dedi Dan. "Hapishane Kingston'da mıydı?"

"Hayır," dedi Amy. "Günümüzde öyle bir yer yok."

"Öyleyse Kingston'da ne işimiz var? Bunca yolu neden tepiyoruz?"

"Hapishane, İspanyol Kasabası'nda. O zamanlar, Jamaika'nın başkentiydi. Ama sonra başkenti ve bütün hükümeti Kingston'a taşıdılar. Onun için, oraya gidiyoruz. Belki kayıtlarda işimize yarayacak bilgilere rastlarız."

"Anladım," dedi Dan. "Ama bir şeyi unutmuyor musun?"

"Neyi?"

Göğsüne vurdu. "Bunu."

Amy kardeşinin neden bahsettiğini hemen anladı. Ayı pençesi. Dan zinciri boynuna takmıştı ve Nellie'nin hâlâ ondan haberi olmadığını umuyorlardı.

"Bunun bu hikâyenin hangi kısmıyla bağlantılı olduğunu hâlâ çözemedim," dedi Dan. "Korsanlardan bazılarının Tomas olması mantıklı geliyor. Sonuçta kılıç ustası ve maceracı tiplerden söz ediyoruz. Ayrıca bunu bir Tomas mağarasında bulduk. Ama bizi nereye götürür bilmiyorum."

Amy iç çekti. "Ben de ondan endişeliyim," dedi. "Bahamalar'a geri dönmek zorunda kalabiliriz. Ama arkasında Anne Bonny'nin adı olan portre de bir ipucu ve Bonny'nin Jamaika'da olduğunu biliyoruz."

Amy küçük portreyi sırt çantasından çıkardı. İki

çocuk büyük, yeşil gözlü ve kalkık burunlu kadına bakmak için eğildi.

Hope.

Resimdeki kadının tıpkı anneleri Hope Cahill'e benzemesine bir kez daha hayret ettiler.

SEKİZİNCİ BÖLÜM

Yanlış yerdeydiler. Yine.

Nellie Kingston'daki, Devlet Kayıt Bürosu'nun önüne park etmişti. Dan'le Amy birkaç dakika içinde, bir görevliden İspanyol Kasabası'na geri dönüp oradaki Jamaika Arşivi'ne bakmaları gerektiğini öğrenmişti. Neyse ki, İspanyol Kasabası Kingston'a çok uzak değildi.

İspanyol Kasabası'nın ana meydanı son derece etkileyici bir yerdi. Sömürge döneminden kalma eski ve güzel binaların arasında palmiye ağaçları yükseliyordu. Jamaika Arşivi meydanın hemen arkasında, iki katlı, tuğla bir binaydı. Civardaki diğer yapılara göre daha modern sayılırdı.

Amy araştırma odasında bir istek formu doldurdu. Jack Rackham, Anne Bonny ve Mary Read'in mahkeme dosyalarına bakmak istediğini not etti.

Formu görevliye verdi. Uzun boylu ve iri kıyım bir genç adamdı. Yaka kartında, LESTER yazıyordu.

Lester bir an Nellie'ye bakakaldı. Hızmasından etkilenmişe benziyordu. Nellie o sırada dolaşan kulaklığını açmakla meşgul olduğu için, genç adamın ilgisini fark etmedi.

Lester forma baktı. "Ah, yine mi? Siz, Amerikalılar korsanlara ne çok meraklısınız."

Amy nefesini tuttu. "Neden? Dosyaları bizden başka soranlar mı oldu?"

"Yakın zamanda, hayır. Ama kayıtlara göre, geçen yıl birkaç kişi ilgilenmiş."

Amy kaşlarını çattı. Bu, Grace'in ölümünden ve çılgın ipucu avının başlamasından önceydi. Yine de bir Cahill olabilirdi tabii...

"*Karayip Korsanları*'nı izlediniz mi? Buraya bir araştırmacı yolladılar. Bütün kayıtları inceledi."

"Buldukları bir şeyi filmlerde kullandılar mı?" diye sordu Dan hevesle.

"Evet, dostum," dedi Lester gülerek. Amy genç adamın pek tatlı gülümsediğini düşünmeden edemedi. Sadece ağzı değil, gözlerinin içi gülüyordu. "Calico Jack Rackham asıldı. Sonra da cesedini küçücük demir bir kafese koydular. Kafesi içinde çürüyen cesetle birlikte Kingston Limanı'nın girişine astılar. Diğer korsanları uyarmak için."

"İğrenç!" dedi Amy.

"Vay canına," dedi Dan.

Lester güldü. "Filmde bunu biraz değiştirdiler. Korsanların cesetleri darağaçlarında asılıydı. Ama fikri oradan aldılar."

Kalkıp rafların arasına girdi. Birkaç dakika sonra, bir dosyayla döndü. Bu arada, Nellie pencerenin önündeki koltuğa doğru yürümüştü. Lester yine ona baktı.

"Dosyayı geri verene dek sizden bir ehliyet ya da pasaport almam lazım."

Dan, Nellie'nin yanına gidip ehliyetiyle geri döndü. Lester önce Nellie'ye, sonra fotoğrafına ve yine Nellie'ye baktı. Fotoğraftakinin o olduğundan emin olunca, ehliyeti arkasındaki kutuya koydu. Dosyayı Amy'ye verdi.

Nellie pencerenin önündeki koltukta sızmak üzereydi. Amy'yle Dan bir masaya oturup dosyanın sayfalarını aralarında paylaştı. Amy önündeki kâğıtları incelemeye başladı. Dan hâlâ çürük cesette takılıp kalmıştı.

"Sence kurtlanmış mıdır?" diye sordu. "Sonuçta burası tropik bir yer."

Amy ona aldırmadı. "Dan, şunu dinle. Anne Bonny ve Mary Read aleyhinde ifade veren bir tanık erkek ceketleri ve pantolon giydiklerini, kafalarına da mendil bağladıklarını söylemiş. Kadın olduklarını göğüslerinden anlamış."

"Mantıklı," dedi Dan kıs kıs gülerek. "Anne'le Mary'ye ne olmuş? Hayatları boyunca hapiste mi kalmışlar?"

"Mary Read birkaç ay sonra hapiste öldü," dedi Amy. "Ama Anne'e ne olduğunu kimse bilmiyor. Bazıları Güney Carolina'da, nüfuzlu bir adam olan babasının onu hapisten çıkardığını ve Anne'in hayatının sonuna dek başka bir isimle yaşadığını düşünüyor."

Dan alayla homurdandı. "Tam da Cahill'lere göre bir hikâye."

"Evet, enteresan," dedi Amy. "Ama buradan bir ipucu çıkmaz." Dan'in önündeki kâğıtları işaret etti. "Sende ne var?"

"Bilmem. Uzun bir liste. Okumaya başladım, ama anlamsız geldi."

Amy ondan sayfaları aldı. Onlara şöyle bir göz attığında bir an kalbi duracak sandı. "Dan, bunun ne olduğunun farkında mısın? Rackham'ın gemisinin manifestosu!"

"Vay canına!" dedi Dan ve ekledi, "Manifesto nedir?"

Amy gözlerini bile deviremeyecek kadar heyecanlıydı. "Bir envanter listesi gibi. Gemideki her şey yazılıyor. Kanunlara göre, her gemide olması lazım."

"Korsan gemilerinde bile mi? Onlar kanunlara kulak asar mı?"

"Aslına bakarsan, korsanlar bu konuda bir hayli titizdi. Yolculuğun sonunda ganimetler bölüşülüyordu ve tabii ki, her korsan bu işin en adil şekilde yapılmasını istiyordu. Onun için, liste tutmak önemliydi. Hatta serdümen listeyi hazırlarken, bazıları ona şahitlik ediyordu."

William's adlı geminin manifestosundaki maddeler çocukları hayrete düşürdü. Deniz hayatında gerekli her şeye sahiplerdi. Bol bol yiyecek ve içecekleri vardı. Kurutulmuş balık, tuzlanmış et, peksimet, kuru fasulye, tuz, rom ve şarap ve yolculuk sırasında kesip yedikleri canlı tavuklar ve kaplumbağalar.

Tahta tabaklar ve deri bardaklar. Çeşitli araç gereçler: Baltalar, keskiler, çekiçler ve kürekler, balık ağları ve bıçaklar. Silahlar, barut, toplar ve gülleler. Soğuktan korunmak için deri yelekler ve metal göğüslükler. Hamaklar, halatlar ve zincirler. Denizcilik araç gereçleri: Haritalar, parşömen kâğıdı, fenerler. Temizlik için kovalar. Her türlü tıbbi malzeme ve ilaç. Müzik aletleri: Flüt, akordeon ve keman. Satranç takımı, iskambil kâğıtları ve zarlar.

Geminin bayrağı: Calico Jack'in meşhur kafatası ve kemikli sancağı. Ayrıca gemide fareleri öldürmesi için bir kedi ve bir de papağan vardı!

"Ya İspanyol altınları?" diye sordu Dan. "Korsan gemilerinde onlardan çok olur sanırdım."

Amy sayfaları çevirdi ve sonunda aradığını buldu. Diğer gemilerden toplanan ganimetler listesi.

"Altınlar burada," dedi parmağını sayfada gezdirerek. "Ama çok yok. Bir şalopayla seyahat ediyorlardı. İdare etmesi kolay ve hızlıydı, ama diğer gemiler kadar yük taşıyamıyordu."

Yine de, liste etkileyiciydi doğrusu.

24 balya ipek
15 balya pamuklu kumaş ve pazen

6 büyük gümüş tabak
6 gümüş kupa
2 düzine gümüş kaşık
4 kalaylı cep şişesi
8 gümüş kâse
1 gümüş çay takımı
1 kalaylı kahve takımı
4 çuval gümüş para
2 çuval altın para
1 kese inci (98 adet)
2 altın halka yüzük
1 altın oymalı yüzük
7 altın zincir
1 aslan kafalı, gözleri yakut kolye
1 ay şeklinde, gümüş kolye
1 akik broş
1 oymalı altın haç
2 düz gümüş haç
1 yılanlı, yeşil taşlı madalyon
1 altın ve safir, çiçekli madalyon
3 altın yaka iğnesi
2 altın ve değerli taşlı broş
3 gümüş broş
3 gümüş enfiye kutusu

2 gümüş işlemeli enfiye kutusu
2 gümüş saplı ayna
2 fildişi tarak
4 bağa tarak
1 fildişi saplı ayna
2 incili, gümüş saç tokası
1 altın saç tokası
10 kasa tütün
10 fıçı şeker
3 çuval karabiber
2 çuval muskat
1 çuval hindistan cevizi
14 geyik derisi
6 bufalo derisi
1 kasa susamuru kürkü
3 altın yaldızlı pençe (panter, ayı, kartal)
1 balina boynuzu
1 geyik boynuzu
Dişli hayvan çeneleri, bufalo, kurt, misk kedisi
2 düzine tavuskuşu tüyü
8 devekuşu tüyü
26 hindi tüyü kalem
6 büyük deniz minaresi
1 oymalı, gümüş kutu

3 pirinç menteşeli tahta sandık
4 düzine kil pipo

Amy farkında bile olmadan parmağını maddelerden birinin üzerine kaydırdı. İpucu avıyla ilgili en ufak bir bağlantı bile dikkat kesilmesine neden oluyordu. "Dan, bak," dedi. "Üç yaldızlı pençe. Panter, ayı ve kartal."

Dan tişörtünün altındaki ayı pençesine dokundu. "Evet," dedi. "Calico Jack ve Anne bilmemnenin kesinlikle bundan haberi varmış."

Amy yine listeye baktı. Bu sefer gözüne başka bir madde ilişti.

"Dişli hayvan çeneleri. Bufalo, kurt ve misk kedisi." Heyecanla başını kaldırdı. "Kurt, Dan! Janus'ların sembolü!"

Ama Dan bu kez şüpheyle gözlerini kıstı. "Biraz abartmıyor musun? O zaman misk kedisi de Hamilton'ın dediği kediyle bağlantılı olabilir. Belki de onu doğru duymuşumdur. Üç renkli misk kedisi var mı?"

Amy alayla homurdandı. "Hiç duymadım."

Kurt çenesi gerçekten de Janus'ları mı işaret ediyordu? Yoksa Dan haklı mıydı? Ayı pençesinin Anne

Bonny'yle ilgili olduğunu ortaya çıkarmaları yeterli miydi?

"Dur, bir dakika," dedi Dan. "Galiba fikrimi değiştirdim."

Manifestodaki bir maddeyi işaret etti.

1 yılanlı, yeşil taşlı madalyon

"Yılan," diye mırıldandı Amy. "Lucian'ların yılanını mı diyorsun?"

"Hayır," dedi Dan.

"Nasıl bu kadar eminsin?"

"Çünkü," dedi Dan başını ukalaca yana eğerek "bu zaten bizde."

Amy kardeşinin söylediklerinden tek kelime anlamamıştı. Dan birkaç saniye daha sessiz kalarak onu meraktan kıvrandırdı. "Hatta şu anda onu takıyorsun," dedi sonra.

Amy'nin eli boynuna giderken, ağzı beş karış açık kaldı.

Grace'in kolyesi!

Kolyeyi incelemek için boynundan çıkardı. Madalyon dikdörtgen şeklindeydi, ama uçları keskin değil, yuvarlaktı. Yeşim taşının bir yüzüne bir ejder kazınmıştı. Diğer yüzü boştu.

Dan sırıttı. "Yılan ve ejder. Yeşil taş ve yeşim taşı. Haklı mıyım, değil miyim?"

Amy gözlerini kapayıp düşündü.

"Pekâlâ," dedi usulca. "Anne Bonny bir Cahill'di diyelim. Bu o kadar da uzak bir olasılık değil. Bir kere, İrlanda doğumluydu. İlk Cahill'ler de oralıydı. Sonra şu portre." Daha fazla uzatmadı. Dan onun ne düşündüğünü anlayacaktı. Anne'in annesiyle olan müthiş benzerliğini kastediyordu.

"Kadınların kısıtlandığı bir dönemde yaşıyordu. Çoğu kadının erkeklerin yaptıklarını yapmalarına izin verilmiyordu. Seyahat etmek gibi. Anne ipuçlarını öğrenince, erkek kılığına girip korsan oldu. Böylece onların izini sürebilecekti."

Gözlerini açtığında, Dan'in onu dikkatle dinlediğini gördü.

"Ya da onları koruyabilecekti," dedi Dan. "Ejderli madalyon, ayı pençesi... Onun için, belki kurt konusunda da haklıydın."

Amy hâlâ manifestoya bakıyordu. "Ama burada yılanlarla ilgili hiçbir şey yok," dedi hayal kırıklığıyla.

Dan aldırmadı. "Önemli değil. Belki de henüz yılanlı şeyi bulamamıştı. Ya da buldu ve onu bir yere sakladı." Sonra kaşlarını çattı. "Ama aynı sorun devam ediyor. Bir Ekat ve bir Tomas sembolümüz var. Bunların işlevi ne? Ve şimdi ne yapıyoruz?"

"Kolay. Anne Bonny'nin izini sürmeye devam edeceğiz." Amy kendinden emin konuşuyordu, ama cesareti kırılmıştı. "Hapishane artık yok. Yine de, etrafa bakınabiliriz. Biliyorsun, burada, İspanyol Kasabası'ndaydı. Belki bir anıt vardır."

Bütün manifestoyu kopyaladılar. Sonra dosyayı Lester'a geri verip Nellie'nin ehliyetini aldılar.

Nellie'yi uyandırmaya giderken, ikisi de boyunlarına dokundu.

Amy yeşim taşı ejdere, Dan yaldızlı ayı pençesine.

DOKUZUNCU BÖLÜM

Nellie birinin onu takip ettiği izlenimine kapıldı.

Arşiv'in otoparkından geçiyorlardı. Omzunun üzerinden baktı.

Haklıydı, ama rahat bir nefes aldı. Peşlerindeki, Lester denen genç adamdı.

"Hanımefendi?" dedi Nellie'ye, "Benimle gelir misiniz, lütfen?"

Nellie durup ona döndü. Araba kullanmaktan yorulduğu için ona alıcı gözüyle bakmamıştı.

Lester uzun boylu ve kaslı bir gençti. Kısa kollu gömleği vücuduna tam oturmuştu. Hele şu Jamaika aksanı pek havalıydı. *Güzel*, diye düşündü Nellie.

"Şu anda meşgulüm," dedi Dan'le Amy'yi göstererek. "Ama," diye ekledi gülümseyerek "belki sonra görüşürüz?"

Dan işaretparmağını ağzına götürüp kusarmış gibi yaptı.

"Korkarım, şimdi gelmelisiniz," dedi Lester sertçe.

Nellie kaşlarını çattı. "Sonra dedim, ama galiba fikrimi değiştiriyorum."

Lester ellerini kaldırarak bir adım geriledi. "Sakin ol, hanımefendi. Ben sadece elçiyim. Seninle konuşmak isteyen biri var."

Kim şimdi bu? McIntyre ya da diğer adam arar veya e-posta atardı. Mesajlarını bir başkasıyla iletmezlerdi...

Sert kızı oynayarak şaşkınlığını örtbas etmeye çalıştı. "Neden buraya gelmiyor? Tanımadığım biriyle birlikte tanımadığım birinin ayağına mı gideceğim? Çok beklersiniz."

Lester bir an duraksadı. "Huzursuz olmanı anlıyorum. Şuna ne dersin? Seni sokağa götüreyim. Etrafta bir sürü insan olur. Evin önünde durursun ve seninle konuşmak için dışarı çıkar. Aslında yaşlı, ama o kadar yürüyebilir. Tamam mı?"

Nellie çenesiyle çocukları işaret etti. "Onlarsız şuradan şuraya adımımı atmam."

Lester omuz silkti. "Başkaları hakkında bir şey belirtmedi. Bana göre hava hoş."

Lester yolu gösterdi. Büyük caddeden dar bir sokağa saptılar. Gerçekten de etraf kalabalıktı. Birkaç blok sonra, Lester bir bungalovun önünde durdu. Evin pembe boyası zamanla solup açık krem rengine dönüşmüştü. İnce ve dar basamaklardan verandaya çıktılar.

"Burada bekleyin," dedi. Perde kapıyı açıp içeri girdi. "*Nene?* Kızı getirdim."

Aksanını duyan Dan'le Amy şaşkınlıkla birbirlerine baktı.

"Yerel lehçe," diye açıkladı Nellie. "Kelimeleri yayarak konuşuyorlar."

"Nereden biliyorsun?" dedi Amy.

"Boston'da Jamaikalı arkadaşlarım var. Birlikte *reggae* kulüplerine giderdik." Gerçek buydu, ama Amy tatmin olmuşa benzemiyordu.

"Senin derdin ne?" diye çıkıştı Nellie. "Sizin casusluğunuzu yapmak için dünyadaki bütün dilleri öğrenecek halim yok. Ayrıca buna kalkışsam bile, Jamaika lehçesi listemde son sıralarda yer alırdı."

Tabii ki, cevap gelmedi. *Kendi gölgesinden tırsan Amy bu kadar inatçı olsun! Hayret doğrusu!*

O sırada, kapı açıldı. Esmer tenli, kır saçlı ve gözlüklü bir kadın karşılarına dikildi. Sıskalıktan kemikleri sayılıyordu. Nellie'ye ifadesiz bir yüzle baktı ve başını salladı.

Sonra bakışları Dan'le Amy'ye kaydı. Ve gözleri parladı.

"Ha!" dedi.

Üçü de boş bulunup sıçradı.

"Sen Grace'e *benziyosun*," dedi yaşlı kadın Amy'ye ve keh keh güldü.

Nellie'nin kafası karışmıştı. Lester onu çağırmıştı. Ama şimdi bu yaşlı kadın Amy'yle daha çok ilgiliydi. Neler oluyordu?

İhtiyar başını iki yana sallayarak sırıttı. "Şu işi *görüyo musun*? Gözler, *gaşlar* hep aynı."

Amy hafifçe öksürdü. "Anneannemi tanıyor muydunuz?"

"Tanımamam mı? Ne iyi *gadındır*. Nasıl, *eyi* mi?"

"Anneannemiz vefat etti," dedi Dan. "Geçen ağustosta."

Yaşlı kadının gözlerindeki ışık söndü. "Ne diyorsun! Vah vah! *Bilmiyodum.*"

Garip bir sessizlik oldu.

"Kader," dedi Nellie sonunda. İnsan böyle bir anda ne söyleyebilirdi ki?

"Evet," dedi ihtiyar. "Demek vakti gelmiş. Vakti gelen gider. *Yapçak bişi* yok. Adım, Alice. Bana Bayan Alice *deyebilirsiniz.*"

"Ben, Nellie. Bunlar da, Dan ve Amy."

"Grace'in kızını görünce şaşırdım," dedi Bayan Alice. Çenesiyle Nellie'yi işaret etti. "Ama asıl seni *bekliyodum.*"

"Beni mi? Ama neden? Ben..."

"Grace *bigün* buraya *gelceğini söledi.* Ona dikkat et dedi."

"Anlamadım? Bunu sana ne zaman söyledi?"

Bayan Alice alnını kırıştırdı. "Yirmi yıl mı oldu? Yok, daha fazla. Yirmi beş."

"Pekâlâ, gidiyoruz," dedi Nellie yüzünü basamaklara dönerek. "Nasıl bir oyun oynuyorsunuz, bilmiyorum, Bayan Alice. Ama ben dediğiniz tarihte daha doğmamıştım bile. Bu seneye kadar, Grace'i tanımıyordum."

Bayan Alice kaşlarını çattı. "Ağır ol, kızım. Sen yaşlılara böyle mi *davranıyosun*?"

Nellie azarı işitince kendini küçük bir çocuk gibi hissetti. Ne cevap vereceğini bilemediği için duraksadı.

"Bırak, bitireyim," dedi Bayan Alice. Ona ateş püsküren gözlerle baktı ve topallayarak eski bir şezlonga doğru yürüdü. Dan'le Amy verandanın basamaklarına oturdu. Nellie bir iskemlenin ucuna ilişti. Bayan Alice biraz bekledi ve devam etti.

"Grace bana geldi. Aslında beni değil, bendeki *bişeyi arıyodu*. Uzun zamandır bizim ailede olan *bişeyi*. Beni bulunca onu da buldu. Sonra benden bir *eyilik* istedi. Biri sendeki şeyin aynısını getirirse, onu o kişiye ver, dedi."

Bir kahkaha attı ve anlatmayı sürdürdü. "Ha! Çok beklersin, dedim içimden. Onca yıldır ailemde olan şeyi bir yabancıya neden *vereceğidim*? Ama Grace'i *tanıyosunuz*. Asla vazgeçmez."

Amy'yle Dan başlarını salladı.

"Bana bunun çok önemli olduğunu *söledi*. Uzun uzun düşündüm. İki, üç ay. Bana her gün uğradı. Jamaika'dan konuştuk. Eski hikâyeleri *seviyodu*. Zamanla ahbap olduk.

"Düşündüm taşındım ve bir karar verdim. Dedim Lester okuyacak. O zaman şu kadarcıktı." Eliyle gösterdi. "Ünversiteye gidecek. Ama param yoktu.

"Grace tamam dedi ve *Amayrika*'ya döndü. Sonra bizi hep aradı, sordu. Vakti gelince, Lester'a Atlanta'dan bir ünversite buldu. Lester tarih okudu ve kütüphaneci oldu."

Bayan Alice başını salladı. "Sıra benim sözü tutmaya geldi. Grace *Amayrikalı,* kaba bir kız *gelcek,* demedi. Sadece bendeki şeyin aynısını getirecek bir kişi dedi."

"Sendeki ne ki?" diye sordu Nellie.

Bayan Alice, "Lester!" diye bağırdı. "Başucundaki çekmeceden kutumu getir!"

Lester az sonra bir elinde sandviçi, diğerinde küçük bir kutuyla verandaya çıktı.

"Lester, misafirlerle tanış. Bu, Deyn. Eymi ve Ceymi."

"Eh, yakın sayılır," diye mırıldandı Nellie.

"Lester'a dediydim. Bizdekinin aynısını görürsen haber et *deye*. Seni arşivde görünce beni aradı." Torununa gururla gülümsedi.

Lester onlara sırıtıp kutuyu Bayan Alice'e verdi. "Ben çıkıyorum, nene," dedi. Vedalaştılar ve Lester sandviçini kemirerek uzaklaştı.

Bayan Alice kutuyu salladı. "Bunca yıl," dedi ve

gözlüğünün üzerinden Nellie'ye dikkatle baktı. "Vay canına. Tıpkısının aynısı."

Nellie meraktan çatlıyordu. *Neyin aynısı? Suratımın mı?* Kutuyu yaşlı kadının elinden kapmamak için zor duruyordu.

Dan ayağa kalktı. Amy de onu izledi.

Bayan Alice kutunun kapağını açıp içindeki pamukları kaldırdı. Sonra oradan bir şey aldı.

Hepsi de onlara uzattığı avucundaki cismi görmek için öne eğildi.

Küçük, gümüş bir yılandı.

Nellie'nin burnuna taktığı hızmanın aynısıydı.

ONUNCU BÖLÜM

"Benim için de sipariş ver," dedi Nellie, Amy'ye.

Bütün yolculuk boyunca, Nellie ilk kez menüye bakmadı. Yemek düşünmeyecek kadar aklı karışıktı.

Bayan Alice'in evinde birkaç saat kalmışlardı. Bütün hikâyeyi öğrenmeleri uzun sürmüştü.

Yüzlerce yıl önce, Bayan Alice'in atalarından biri Küba'da bir kadının bebeğine bakmıştı. Kadın çocuğunu ona emanet edip dadıya bir çift yılanlı, gümüş küpe vermişti. Hem bebeğe hem de küpelere gözü gibi bakmasını istemişti.

Kadın sonra kocasıyla denize açılmış ve Küba'dan ayrılmışlardı.

İkisi de korsandı.

Bebek daha ufacıkken ölmüştü. Dadı o kadar üzülmüştü ki, hiç olmazsa küpeleri canı pahasına korumaya yemin etmişti. Yıllar içinde, küpelerden biri kaybolmuştu. Ama Bayan Alice'in ailesi kalan küpeyi sadakatle saklamıştı. Gittikleri her yere, küçük, gümüş yılanı da götürmüşlerdi. Üç yüz yıla yakın bir süre, anneden kıza miras kalmıştı.

Grace her nasılsa, diğer küpenin ailenin başka bir koluyla Meksika'ya gittiğini keşfetmişti. O da, diğer aile tarafından sadakatle korunuyordu. Bir nesil önce, ailede hiç kız çocuk doğmayınca, küpe bir erkeğe emanet edilmişti. O da büyüdüğünde küpeyi kendi en büyük kızına vermişti.

Nellie'ye.

Nellie boynunu ovuşturdu. Gerginlikten kaslarının düğümlendiğini fark etti.

"Grace ailemdeki küpenin izini sürdüyse, beni de yıllardır takip ediyor demektir. Ama bu konuda tek kelime etmedi. Bana neden söylemedi ki?"

"Nasılmış şimdi anladın mı?" diye sordu Amy.

Nellie ona şaşkınlıkla baktı. "Ne demek istiyorsun?"

"Bize bütün gerçekleri anlatmadın. Tıpkı Grace'in sana yaptığı gibi."

Nellie'nin suratı kıpkırmızı kesildi. "Aynı şey değil!"

Amy tek kaşını kaldırdı. "Öyle mi dersin?"

Sakinliği Nellie'yi daha da çıldırttı. "Ben burada bütün hayatımdan söz ediyorum!" dedi masaya yumruğunu indirerek. "Her şeyden! Misal uçuş dersleri!"

"Uçuş dersleri mi?" diye sordu Dan hayretle.

"Ne kadar pahalı olduklarını tahmin edersiniz. Ama babam sorun olmayacağını söyledi. Belki de parasını Grace verdi. Düşünüyorum da, bu fikir benden bile çıkmadı. İlk babam ortaya attı. Ona da Grace söylemiştir belki. Annemle babam baştan beri bu işin içinde miydi?" Nellie titrek bir nefes aldı. "Bu aptal bir ipucu avı değil. Bütün ailemden söz ediyoruz!"

Amy ona uzun uzun baktı. "Son birkaç aydır," dedi usulca, "üçümüz bir aile gibi olmuştuk."

Cümlesi havada kaldı.

Nellie onlara baktı ve ne kadar üzgün göründüklerini fark etti.

Doğru, diye düşündü. *Anne ve babaları öldü, anneanneleri öldü ve teyzeleri onları istemedi.* Onlara yalan söylediği için bir kez daha büyük bir vicdan azabına kapıldı.

Başını ellerinin arasına aldı. "Tamam, anladım," diye mırıldandı. "Daha önce de anladığımı sanıyordum, ama yanılmışım. Grace ve McIntyre için çalıştığımı öğrendiğinizde siz de kendinizi böyle aldatılmış hissettiniz."

Uzun bir sessizlik oldu. Nihayet garson Amy'nin sipariş ettiği bol baharatlı ve acılı tavukları getirdi.

Nellie birden acıktı ve yemeğine aç kurt gibi saldırdı. Tadı enfesti!

"Tavuk olaymış," dedi.

Baharatlıydı, ama acısı öyle insanın ağzını dilini kavuran cinsten değildi. Tam dozundaydı. *Kekik koymuşlar*, diye düşündü Nellie. *Galiba biraz da muskat var. Kabuğunu da öğütüp toz olarak eklemişler.* Bir ara tarifi bulup evde denemeye karar verdi.

Dan ağzı dolu konuştu. *"Yevekte başfa biv konu kovuşsak oluv mu?"*

"Önce lokmanı yut," dedi Amy.

Nellie'nin telefonu çaldı.

"Babam," dedi ekrana baktığında. Bayan Alice'in evindeyken ona mesaj bırakmıştı. Ona yeni bulduğu akrabasını anlatmak istiyordu.

Şimdi konuşacak başka konular da vardı. Masadan kalkıp dışarı çıktı.

Birkaç dakika sonra geri döndüğünde, "Şu Grace hiç vazgeçmiyor," dedi.

Dan'le Amy koro halinde bağrıştı. "Ne dedi, ne dedi?"

"Babam Grace'ten bir mektup almış. Ölmeden birkaç hafta önce. Ne yazdığını okuyunca şaşırmış. Yılanın eşini bulursam, bana bir mesaj ulaştırmasını istiyormuş."

"Ne mesajı, ne mesajı?" diye bağrıştı çocuklar yine.

Nellie kaşlarını çattı. "Mesaj mektuptan da kısa. *Mükemmel Adaletli Nanny'ye Dikkat.*"

"Mükemmel Adaletli Nanny," diye yineledi Amy. "Şu işe bakın! Grace küpenin eşini bulacağını en başından beri biliyordu."

Garson onlara hesabı getirip bardaklarına su doldurmaya başladı.

"İyi de öteki ne demek hiç anlamadım," dedi Dan. "Mükemmel Adaletli Nanny. Hımmm..."

Garson duraksadı. "Ah, parka gittiniz mi?"

Üçü de ona boş boş baktı.

"Kahramanlar Parkı," dedi. "Heykeli orada."

Bu sefer birbirlerine boş boş baktılar. "Kimin heykeli?" diye sordu Nellie.

Boş bakma sırası garsona geldi. "Nanny," dedi. "Ondan söz etmiyor muydunuz? Maroon'ların Nanny. Mükemmel Adaletli Nanny."

Nellie'nin gözleri faltaşı gibi açıldı. "Bu birinin adı mı?"

"Jamaikalı kahramanlarımızdan biri. Ulusal Kahramanlar Parkı'nı ziyaret edin. Kingston'da."

Üçü de ayağa fırladı.

Kingston'a geri dönüyorlardı. Amy'yle Dan arabada bir süre fısıldaştı. Sonra Amy öne geçti.

"Kulaklık takmana gerek yok," dedi. "Grace bu ipucunu sana verdiğine göre, onu aramaya katılmalısın."

Nellie başını salladı.

"Ne aradığımızı bilmiyoruz," dedi Amy. Kelimelerini dikkatle seçiyordu. Nellie'yi avın bu aşamasına dahil etseler de, dikkatli olmakta fayda vardı. "Ama Janus'larla ilgisi olabilir. Belki Nanny de bir Janus'tu."

"Onun için, aradığımız şey kurtlarla ilgili olabilir," diye ekledi Dan. "Belki bir diş. Harika olmaz mı? Şöyle kocaman, sipsivri bir diş bulsak!"

Şu erkeklerin harika dediği şeylere bak, diye düşündü Amy. "Oldu olacak bir de üzerinden salyalar damlasın bari." Sohbet daha da iğrençleşmeden konuyu değiştirdi. "Bilgisayarı alabilir miyim?"

Yolun geri kalanında Nanny'yi araştırdı. Kraliçe Nanny olarak da biliniyordu. Batı Afrika'da yakalanıp Jamaika'ya köle olarak getirilmişti. Ama o ve erkek kardeşleri kaçmayı başarmıştı. Jamaika'nın yüksek dağlarında Maroon'lar denen, kaçak köleler için köyler kurmuşlardı. İngilizler nihayet onları bulduğunda, Nanny tekrar köle olmamaları için kahramanca savaşmıştı.

"Enteresan savaş taktikleri varmış," dedi Amy. "Köylerin sadece bir girişi oluyormuş. Onları yüksek kayalıklara kuruyorlarmış. Böylece geleni gideni kontrol edebiliyorlarmış. Ah! Bak, Dan, sen bunu seversin. Nanny, Maroon'ların üzerlerine çalı çırpı yapıştırtıyormuş. Saklanıp İngilizler'i bekliyorlarmış. Sonra da onları hazırlıksız yakalayıp birden üzerlerine saldırıyorlarmış. Hatta savaşlardan birinde Maroon'lar sayıca İngilizler'den çok daha azmış.

Yine de, biri hariç bütün İngiliz askerlerini öldürmüşler."

Nellie sırıttı. "Süper! Önce kadın bir korsan, şimdi de Nanny."

"Nesi süper anlamadım," dedi Dan.

"Kadınlar," dedi Nellie. "Baksana dünyayı kasıp kavuruyorlar! Yaşasın kız gücü!"

Ulusal Kahramanlar Parkı'nın girişi Jamaika gibi sakin bir adaya göre, fazlasıyla gösterişliydi. Büyük savaş anıtı heykelinin önünde, süslü üniformalar giyen askerler nöbet tutuyordu. Parkın doğusuna doğru birkaç dakika yürüdüklerinde, üç yüksek, metal heykeli gördüler. Her biri bir bayrak direği kadardı. Dan önlerindeki levhayı okudu.

"Evet, bu!" diye bağırdı.

Kızlar yanına koştu.

MÜKEMMEL ADALETLİ
NANNY ANITI

"Belki bir şifredir," diye akıl yürüttü Dan.

Amy en yakındaki heykeli işaret etti. Tepesinde büyük, metal bir boynuz vardı.

"Bir web sitesinde bununla ilgili bir şeyler okumuştum. Adı, *abeng*. Afrika, Gana'daki Ashanti kabilesinin kullandığı bir savaş borusu. Nanny de o kabiledendi ve bu boruyu çalarak savaşçılarını uyarıyordu."

Heykel göze olduğu kadar, kulağa da hitap ediyordu. Rüzgâr estiğinde, borudan bir feryadı andıran, ürkütücü bir ses yayılıyordu.

Dan başını yana eğip dinledi. Sonra sırıttı. "İçi boş olmasa böyle ötmez."

"Belki de içine bir şey sakladılar!" diye inledi Amy heyecanla.

Üçü birlikte heykelin dibine koştu. Direği metalden yapılmıştı ve burgulu olduğu için bir halat gibi görünüyordu. "Her zaman bir bayrak direğine tırmanmak istemişimdir," dedi Dan hevesle.

Amy etrafına bakındı. Yürüyüş yapan birkaç kişi vardı. Resmi üniformalı birini göremedi.

"Sizce en kolay nasıl tırmanırım?" diye sordu Dan.

"Televizyonda hindistan cevizi toplayan adamları izlemiştim," dedi Nellie. "Ağacın gövdesine bir halat dolayıp ona tırmanıyorlardı."

"Güzel. Bana bir halat, lütfen."

Ama tabii ki, hiçbirinde halat yoktu.

Dan parmaklarını şaklattı. Telefonunu çıkarıp bir numaraya bastı ve bekledi.

"Kimi arıyorsun?" diye sordu ablası.

Dan *bir saniye* dercesine parmağını havaya dikti.

"Hamilton? Benim, Dan. Bir sorum var. Hiç bayrak direğine tırmandın mı?"

ON BİRİNCİ BÖLÜM

Hamilton Holt'un direk tırmanma şampiyonu olduğu ortaya çıkmıştı. Babası aile bireyleri için oluşturduğu egzersiz programı çerçevesinde, hepsine çeşitli engelleri aşmayı öğretiyordu. Hamilton, Dan'e direğe nasıl tırmanacağını ayrıntılarıyla anlatmıştı. Ama önce bir şart koşmuştu. Borunun içinde bir şey varsa, bu bilgiyi Holt'larla paylaşacaklardı.

"Bilemiyorum," diye mırıldandı Amy şüpheyle.

"Denemeye değer," dedi Dan. "Belki de boruda hiçbir şey yok. Ama varsa bile, onu Holt'lara vermeyeceğiz ki. Sadece ne olduğunu söyleyeceğiz."

Hamilton'ın talimatlarını saymaya başladı. "Direk metalse kıyafetler kaydırırmış." Tişörtünü çıkardı.

Nellie'nin gözleri faltaşı gibi açıldı. "Çırılçıplak soyunacak mısın?"

"Aklını mı kaçırdın?" dedi Dan. "Hayatta yapmam!"

"E sen demedin mi..."

"Spor pabuçların kalsın, onlar dışında mümkün olduğunca soyun dedi. Ama çırılçıplak ol demedi."

Nellie eliyle ağzını kapatıp başını çevirdi. Amy birkaç kez öksürdü. İkisi de kıkırdamamak için kendini zor tutuyordu. *Çocuk bunlar*, diye düşündü Dan. Onlara aldırmamaya karar verdi.

"Bacaklarımı direğe dolayacağım. Ellerimle uzanıp kendimi yukarı çekeceğim."

"Dikkat et," dedi Amy. Nellie'yle heykelin iki yanına geçtiler.

Dan boruya bir kez daha baktı. Sonra direğe tutunup bacaklarını doladı. Kendini yavaş yavaş yukarı çekmeye başladı.

Direğin burgulu kısımları güneşten yanan bacaklarını acıtıyordu.

On beş santim kadar sonra aşağı atladı.

"Tamam," dedi parmaklarını açıp kapatarak. "Nasıl bir his olduğunu anladım." Yeniden direğin tepesine baktı. Boru şimdi gözüne daha da uzak görünüyordu. "Ama düşündüğümden daha zormuş."

"Bir de ben deneyeyim mi?" diye sordu Nellie.

"Gerek yok." Nellie'nin ona güvenmemesi canını sıkmıştı.

"Yardım edelim de daha yüksekten başla," dedi Amy.

Dan kızların oflayıp puflamaları arasında bir ayağıyla Nellie'nin, diğeriyle ablasının omzuna bastı. Direğe sıkıca sarıldı.

"Daha iyi," dedi. Neredeyse yolu yarılamıştı. Ayağını Amy'nin omzundan dikkatle kaldırdı ve direğe doladı.

"İşte başlıyoruz," dedi ve diğer ayağını da yukarı çekti.

Eller, ayaklar, eller, ayaklar... Hamilton bir ritim tutturmanın önemli olduğunu söylemişti. Dan ellerini direğin daha da yukarısına atarken parmakları bir saniyeliğine dinleniyordu. Bundan güç alarak tepeye tırmandı.

"Başardım!" diye seslendi kızlara.

Büyük hataydı. Bu kadar yüksekte olduğunu fark etmemişti. Bir uçakta ya da binanın tepesinde olmak gibi değildi. Burada sadece kas kuvvetine güvenmek zorundaydı.

Korkuyla yutkundu. *Pekâlâ, bir daha aşağı bakmak yok.*

"Borunun içine bak," diye seslendi Amy. "Bir şey görüyor musun?"

Ama bir sorun vardı. Boru direğin üzerinde yanlamasına duruyordu ve ağzı bir kol boyu uzaklıktaydı.

"İçini göremem," diye bağırdı. "Ama bir şey varsa el yordamıyla bulabilirim."

Sol eliyle sıkıca tutunup sağı uzattı.

Borunun metal yüzeyinde eline hiçbir şey gelmedi.

Biraz daha sıkı tutunup yine uzandı. Ah, evet! Parmakları bir şeye değmişti. Dikenli miydi? Hayır, sürünüyordu!

"AHHH!"

Dan panikleyerek elini silkeledi ve yere bir şey düştü.

Amy daha onu havada görür görmez ne olduğunu anladı. Hayatta en çok korktuğu şeydi. Gizli kâbusu. Onu nerede olsa tanırdı.

Köpekbalıkları ürkütücüydü, evet. Zehirli yılanlar ve dev örümcekler de öyle. Ama Amy için bu yaratık korkunçtan da daha korkunçtu. Şeytanın ta kendisiydi.

Aslında korkusunun mantıksız olduğunu biliyordu. Hayvanlar şeytan değildi. Asla olamazlardı. Aksine, mucizevi yaratıklardı. Hele de bu milyonlarca yıldır varlığını sürdüren bir türdü. Ama elinde değildi. Korkusu DNA'sının bir parçası gibiydi. İçinden geliyordu.

O küçük, siyah yaratığı görür görmez kafasının içinde şimşekler çakmıştı.

Akrep!

Amy'nin dehşet dolu bakışları arasında, akrep Nellie'nin kafasından sekip sırtına, omzunun tam altına düştü.

"Nellie," diye fısıldadı.

Aslında bir fısıltı bile sayılmazdı. Dudakları belli belirsiz kıpırdamıştı.

O tanıdık paniğin vücuduna yayıldığını hissetti. Sonunda donup kalacağını biliyordu. Dili tutulacak, kılını bile kıpırdatamayacaktı.

HAYIR! diye bağırdı içinden. SAKIN DONMA. Hemen bir şeyler yapması gerekiyordu.

Yumruklarını açıp kapadı. Sadece bir kere, ama

yardımı oldu. Kanının vücudunda hareket ettiğini hissedebiliyordu.

Sonunda dili çözüldü. "Nellie," dedi. "Kıpırdama. Sakın!"

Eğilip yerden Dan'in tişörtünü aldı. Parmaklarının ucuna basa basa Nellie'ye doğru yürüdü.

Akrebi net bir şekilde görebiliyordu. Sadece birkaç santimdi, ama kıvrık kuyruğu ve kıskaçlarıyla yine de korkunçtu.

Amy tişörtü iki eliyle birden tuttu. Derin bir nefes aldı.

Ellerini birleştirince akrep kumaşın içinde kaldı. Amy tişörtü sıktı, sıktı. Bir çatırtı sesi geldi. Tişörtü uzağa fırlatıp dizlerinin üzerine yığıldı.

Nellie heykel taklidi yapmaktan vazgeçti. "O da neydi, dostum?"

Amy kesik kesik soluyordu. "A-akrep," diye kekeledi. "Be-ben öldü mü bi-bilmiyorum."

Nellie tişörtün yanına gidip başını uzattı.

"İğrenç!" dedi. Sonra Amy'ye sırıttı. "Nalları dikmiş." Tişörtü yerden alıp güzelce silkeledi. "Sağ ol, ufaklık."

Amy yutkundu.

"Rica ederim," dedi titrek bir sesle.

"Hu-hu! Ben hâlâ buradayım. Herkes iyi mi?"

"Evet," dedi Nellie. "Ablan bir akrep öldürdü."

"Hayatta inanmam."

"İnan," dedi Nellie. "Orada ne var, ne yok?"

"Bir kere daha deneyeceğim. Akrep ailecek borunun içinde yaşamıyordu herhalde?"

Sağ eliyle direğe tutunup sol elini bıraktı. Uyuşan parmaklarını oynattı. Sonra tekrar direğe tutundu.

"Bir kese yakut filan bulsam da bu kadar eziyete değse bari!"

Elini bir kez daha borunun içine soktu.

Başka bir böceğe rastlamadı. Güzel.

Ya da değil.

"Burada bir şey varsa bile erişemiyorum," diye seslendi. "Elim toz toprak oldu o kadar."

Elini çekti. Parmakları leş gibiydi ve direğe tutunan kolu fena halde ağrımaya başlamıştı.

Dan gözlerini kapayıp dikkatini toplamaya çalıştı. Boynuza benzeyen heykelin içi bomboştu. Buraya bir şey saklasalar bile bir şekilde düşebilir ya da uçabilirdi. Bir mağara değil ki, taşların altına…

Bir dakika. Aslında bir mağaraya benziyordu. Amy Tomas sembolünü mağaranın ağzında bulmuştu...

Dan kendini biraz daha yukarı çekti. Borunun ağzına baktı. Sonra tepesini yokladı ve eline bir çıkıntı geldi. Belki de heykelin ek yeriydi. Parmaklarıyla onu izledi.

Borunun çapının yarısı büyüklüğünde incecik bir metal parçasıydı. Yirmi santim kadardı. Ya da biraz daha uzun.

Dan tırnağıyla bir köşesini kaldırdı. Kaynakla heykele tutturulmamıştı. Sadece yapıştırılmıştı.

"Lütfen, lütfen, lütfen," diye söylendi Dan.

Yavaş yavaş metali borudan ayırdı. Ancak o zaman diğer kolunun tamamen uyuştuğunu fark etti.

"Aşağı iniyorum!" diye seslendi. Sonra sırıttı. "Ve size bir hediyem var."

Amy zaferle yumruklarını kaldırdı. "Yaşasın!"

Altın bir levhaydı ve borunun şeklini alacak kadar yumuşaktı. Dan'in tırnağıyla kanırttığı köşesi kalkmıştı. Yakından baktıklarında, aslında iki incecik levhanın birbirine lehimlendiğini gördüler.

"Kurtlarla bir ilgisi yok," dedi Dan hayal kırıklığıyla.

"Olsun," dedi Amy. "İpucu avıyla ilgisi olduğu kesin."

Levhada bir ucundan diğer ucuna kadar, kabartma harflerle yazılmış bir yazı vardı. Ama o kadar küçüktü ki, okunmuyordu. Üçü de denedi. Sadece Dan birkaç harfi okuyabildiğini iddia etti.

"O'lar görüyorum. Ve M'ler. Ama W da olabilir."

"Arabada büyüteç olacaktı," dedi Nellie.

Otoparka giderken, Dan tişörtünü giydi.

"İğrenç!" dedi Nellie tişörtün önünü işaret ederek.

Dan lekelere baktı. "Akrep bağırsakları! Süper!"

ON İKİNCİ BÖLÜM

Dan sözünü tutup Hamilton'ı aradı ve ona ne bulduklarını söyledi. Ama bu sefer hat cızırtılıydı. Aslında Hamilton'ın Dan'i bölük pörçük duyması işlerine geliyordu. Amy, "Sen görevini yaptın," dedi. "Gerisini o düşünsün."

Arabaya doluşup altın levhaya büyüteçle baktılar.

"İlk dört harf e-k-t-o," diye okudu Dan.

"*Ekto*," dedi Nellie. "Yunanca. *Dış* ya da *dışarıda* demek. Sonrası m-a-l galiba? *Mal*, Fransızca, ama Latince kökenli. *Kötü* demek." Kaşlarını çattı. "Sonrası u-j-a ve yine aynı şekilde devam ediyor. Ama *uja* ne demek bilmiyorum."

"J ve a, Jamaika olmasın?" diye fikir yürüttü Dan. *Dışarıda, kötü* ve *Jamaika*. U'nun ne olduğunu hiç bilmiyorum."

"Çok geç," dedi Amy. "Sürekli dışarıdayız zaten." Bu harfler nedense ona tanıdık geliyordu.

"*Ekto* ve *mal* bir çeşit uyarı gibi," dedi Nellie. "*Uja*'nın anlamını bilseydik daha kolay olurdu."

Amy birden üzüldü. *Üçümüz işbirliği yapıyoruz. Tıpkı eskisi gibi. Ama şimdi hiçbir şey aynı değil. Bir daha Nellie'ye asla güvenemeyeceğiz...*

Kulakları sağır eden bir gıcırtıyla başını kaldırdı. Büyük bir cip otoparka girmişti.

Dan bağırmaya başladı. "NELLIE, BAS GAZA! HADİ, ÇABUK!"

Nellie soru sormadan Dan'in söylediğini yaptı. Hızla yola fırlayınca karşı yönden gelen araçlar frene bastı. Cipin sürücüsü trafiğin açılmasını beklemeden peşlerine takıldı.

"Neler oluyor?" diye sordu Amy.

"Kobralar," dedi Dan.

Kabra'lar onları Jamaika'ya kadar takip etmişti.

Nellie ara sıra trafik kurallarını hiçe sayarak, Kingston'ın merkezinde izlerini kaybettirmeyi başardı. Cip artık peşlerinde değildi. Spor eşyaları satan bir mağazanın arka sokağında durdular.

"Bu Kobra'lardan bıktım usandım!" diye bağırdı Dan. "Sürekli bizi takip ediyorlar! Bir kere de biz onları etsek?"

Amy'nin dudakları kâğıt gibi bembeyaz kesilmişti. "Onlardan uzak durmalıyız," diye fısıldadı. "Özellikle de, Isabel'den."

"Amy'ye katılıyorum," dedi Nellie. Parmaklarıyla saymaya başladı. "Amy ve köpekbalıkları, madendeki yılanlar, Endonezya'daki yangın ve üçümüzün hangar macerası. Sizce sırada ne var?"

Amy duraksadı. "Birini unuttun," dedi usulca.

Nellie, Dan'in öfkesinin yerini üzüntüye bıraktığını gördü. Amy gözlerini kapadı.

Anne ve babaları, diye düşündü Nellie. Yıllar önce,

Amy yedi ve Dan yalnızca dört yaşındayken, Isabel Kabra bilerek ve isteyerek evlerinde yangın çıkarmıştı. Hope Cahill ve Arthur Trent'in ölümüne neden olmuştu.

Nellie tabii ki, bunu uzun zamandır biliyordu. Ama böyle zamanlarda etkisini daha net hissediyordu. Aileni öldüren katilin elini kolunu sallaya sallaya dolaştığını bilmek korkunç bir duygu olmalıydı.

"Kahrolası cadı," diye tısladı. "Kim bir çocuğu köpekbalıklarıyla dolu okyanusa atmakla tehdit eder ki?"

Amy birden gözlerini açtı. Nellie ondan yayılan enerjiyi hissetti.

"Janus sembolü onda," dedi Amy.

Amy gözlerini yumduğunda, annesiyle babasının ölümünü düşünmemek için elinden geleni yapmıştı. O uğursuz günü hatırlayacağına, Avustralya'da Isabel'le bir teknede geçirdiği saatleri düşünürdü daha iyi.

Sonra birden aklına bir ses geldi. Hafif, metalik bir ses. Bir tıkırtı ya da tıngırtı gibi.

Isabel'in bileziği. Suyu işaret ederken bileğine kaymıştı. Altındı.

Amy o sırada tabii ki, bunu düşünmüyordu. Korkudan eli ayağı titriyordu. Ama şimdi kafasının içindeki görüntüler netleşiyordu.

Bileziğin ucunda sallanan süsleri düşündü. Özellikle birini. Üçgen şeklindeydi ve ucu sivriydi. Onu en ince detayına kadar gözünde canlandırabiliyordu.

Gözlerini kırpıştırdı. "Haklıydık," dedi. "Manifestoyu hatırlayın. Hayvan kemiklerinden söz ediyordu."

"Isabel'de bir kurdun çene kemiği mi var?" diye bağırdı Dan heyecanla.

Amy başını iki yana salladı. "Tamamı değil. Sadece bir dişi. Tıpkı senin istediğin gibi. Ve o dişi ondan çalacağız."

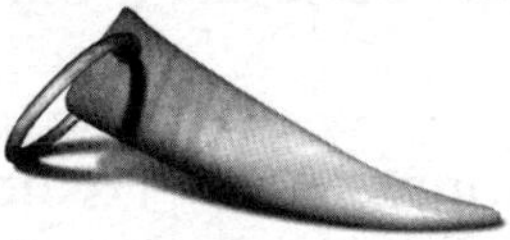

Birine pusu kurmak kolay iş değildi.

"Mükemmel Nanny düşmanlarına kuracağı tuzakları haftalarca planlamıştır bence," diye sızlandı

Dan. "Keşke burada olup bize yardım edebilseydi."

Cahill'ler işe koyuldu. Turist bürosuna uğradılar ve Kingston'ın hemen dışındaki ormanlık bir park alanının en uygun yer olduğuna karar verdiler. Buradaki bir şelalenin yanına halatlı bir macera parkuru kurulmuştu. Öğleden sonrayı parkta keşif yaparak ve gereken malzemeleri alarak geçirdiler.

Nellie keşif sırasında bütün itirazlarına rağmen onlara eşlik edemedi. Amy bu konuda kararlıydı.

"Bunun Grace'in mektubuyla ilgisi yok," dedi. "Onun için, yeniden oyun dışı kaldın. Arabada bekleyeceksin. İşte o kadar!" Nellie'nin söylediği hiçbir şey fikrini değiştirmedi.

Kingston'daki otelde, Amy gece doğru dürüst uyuyamadı. Çok yorgun olmasına rağmen, bir o kadar da gergindi. Sabah Nellie'yle Dan'in de uykularını alamadığını fark etti. Ama daha fazla bekleyemezlerdi. Kabra'lar onları bulmadan, onlar Kabra'ları bulmalıydı.

Kahvaltıdan sonra, Amy, Nellie'ye başıyla işaret etti. "Ara."

"Ne zamandan beri genel müdürümüz oldun acaba?" diye mırıldandı Nellie. Numarayı tuşladı.

İroni. İçinde bulundukları duruma en uygun kelime buydu. Amy, McIntyre'ın rakipleriyle bir bağlantısı olduğunu biliyordu. Nellie'nin de McIntyre'la bir bağlantısı vardı. Ve Nellie'nin ihaneti Cahill'lerin rakiplerini geride bırakmak için kullandığı bir araca dönüşmüştü.

Nellie telefonda kısa konuştu. McIntyre'a mesajını Kabra'lara iletmesini söyledi.

Sonra arabaya doluşup parkın yolunu tuttular.

Nellie parkın girişinin karşısında, arabada bekliyordu. Dan'le Amy ormana giden patikanın yanında bir piknik masasında oturuyordu. Ağaçların arasında kaldıkları için yoldan görünmüyorlardı.

Kabra'lar tam zamanında geldi. Ciplerini otoparka park ettiler. Isabel sürücü kapısını açıp indi. Arkasına bile bakmadan patikaya doğru yürüdü. İki çocuğu, Ian ve Natalie de peşine takıldı.

Dan'in yüreği ağzındaydı. Şimdiye dek, Isabel'le bütün karşılaşmalarında onlar kaçıyor, Isabel Kabra kovalıyordu. Ama bu sefer başkaydı. İlk kez onunla görüşmek istemişlerdi.

Dan dudaklarını yalamaya çalıştı, ama ağzı kurumuştu. Dili zımpara kâğıdı gibi pütür pütürdü. "Hazır mısın?" diye sordu karga gibi bir sesle.

Amy ona korkak bir tavşan gibi bakıp başını salladı. Dan ablasının yumruklarını sıkıp açtığını gördü.

Derin bir iç çekti. Sonra şaşırmış gibi yaparak ayağa fırladı.

"Amy! Kabra'lar –KAÇ!" diye bağırdı.

İki kardeş koşmaya başladı. Beş yüz metre kadar ileride, patika çatallanarak ikiye ayrıldı. Dan sola, Amy sağa doğru koştu. O sırada, Dan omzunun üzerinden baktı.

Üç Kabra da peşlerindeydi. Isabel Kabra hızlıydı. Çocukları ona yetişmek için dilleri dışarıda koşuyordu.

"Ian, oğlanın peşinden git!" diye bağırdı Isabel.

Dan dik bir yokuşu tırmandı. Az sonra, karşısına bir tabela çıktı.

ÇOK YAKINDA!
MAVİ DAĞ MACERA PARKI
AİLECE ÇOK EĞLENECEKSİNİZ!

Geniş bir alana, asma köprüler, ipler, büyük kamyon lastikleri ve çıtalardan oluşan zorlu bir parkur kurulmuştu. Aralarında istasyonlar vardı. Birkaç işçi son istasyonları bitirmek için uğraşıyordu. Ama parkurun başlangıcında kimsecikler yoktu.

Dan koşmaya devam ettiğinde, ağaçların arasında küçük bir açıklığa geldi. Solunda, yeni inşa edilmiş bir kulübe, sağında parkurun ilk istasyonu vardı. Büyük bir ağacın gövdesine ip bir merdiven bağlamışlardı.

Nanny görse seçtikleri yere bayılırdı, çünkü burası parkurun tek girişiydi.

Dan kollarını iki yana açarak ip merdivenin yarısına geldi. Ian hâlâ peşinde mi diye kontrol etmek için duraksadı. Planın işe yaraması için bu önemliydi. Arkasında ayak sesleri ve kesik kesik solumalar duyunca rahatlayıp yoluna devam etti.

Yerden on sekiz metre kadar yükseklikte küçük, tahta bir platform vardı. Buraya bağlı, ağır metal bir kablo başka bir ağaca uzanıyordu. Kablo boyunca yardım düzine kadar makara onlara bağlı, büyük, metal mandalları hareket ettiriyordu. Aslında bu mandalların ucunda salıncak gibi oturma yerleri olması gerekiyordu, ama henüz takılmamışlardı. Dan birini yakaladı.

Ian'a baktı ve kendini boşluğa bıraktı. Parka daha

önce geldiklerinde bunu denemişti. Ne hissettirdiğini biliyordu.

Ian onu kovalamasa, kablo hattında kaymak hayatta yaptığı en eğlenceli şeylerden biri olabilirdi. Aslına bakarsanız, hâlâ eğleniyordu. Birkaç dakika boyunca, ne Isabel'i ne Madrigal'ları ne de ipucu avını düşündü. Gökyüzünün mavisi onu kucaklamaya hazırlanıyordu sanki. Bir kuş gibi havada süzülüyordu.

Dan ikinci platforma indiğinde arkasına baktı. Ian peşindeydi.

Sıradaki istasyona da yine kablo hattıyla ulaşılıyordu. Dan içi boş bir hendeğin üzerindeki asma köprüyü geçti.

İleride bir platform vardı. Bir de kocaman ağ germişlerdi.

Dan ağa tırmanırken durmadan dua ediyordu. "Ne olur işe yarasın, ne olur işe yarasın..."

Ağ iki bölümden oluşuyordu ve aralarında kırk beş derecelik bir açı vardı. İlk bölüm iki ağacın arasına kurulan yatay bir çubukla son buluyordu. İkincisi kancalarla sonraki platforma bağlanıyordu.

Zamanlama önemliydi. Dan platforma çıkıp dalağı şişmiş gibi, karnını tutarak iki büklüm oldu. Ian ip köprüyü geçip ağa atladı.

Dan'in kıpırdamadığını görünce daha hızlı tırmanmaya başladı.

Bekle... Daha değil... Bekle...

Ian yolun üçte ikisini tamamlamıştı ki, Dan dizlerinin üzerine yığıldı. Platformun altına eğilip ikinci ağın kancalarını çıkardı. Sonra onu tek eliyle tutabilmek için tepesini avcunda buruşturdu ve havaya fırlattı.

Ian bağırdı.

Dan de bağırdı.

Ama tonları farklıydı. Biri zaferle, diğeri panikle bağırmıştı.

Ian kıskıvrak yakalanmıştı.

ON ÜÇÜNCÜ BÖLÜM

Amy daha Kabra'lar arabadan iner inmez başının dertte olduğunu anlamıştı.

O ve Dan, Isabel'in her zamanki gibi iki dirhem bir çekirdek giyineceğine güvenmişti. Ayağında yine sivri burunlu, yüksek topuklu pabuçları olacaktı. Ian'la Natalie'yi ormandaki iki ayrı patikaya çekmeyi planlamışlardı. Isabel'in peşlerinden gelmeyeceğinden eminlerdi. Dan, Ian'ı, Amy, Natalie'yi etkisiz hale getirecekti. Sonra da Isabel'in karşısına çıkacaklardı.

Gelgelelim, Isabel'in ayağında lastik pabuçlar vardı ve Natalie'den bile hızlı koşuyordu.

Şelalede ikiye karşı bir olacaklardı.

Neyse ki, Amy parkı önceden keşfettiği için, Kabra'lardan daha avantajlıydı. Patikadan ayrılıp ormanın içine giren daha küçük bir yolu izledi. Natalie tek başına olsaydı, Amy izini kaybettirmeye çalışabilirdi. Ama Isabel'i gözünün önünden ayırmaması gerekiyordu. Onun için, şelaleye doğru koşmaya devam etti.

Bir derenin üzerindeki küçük, tahta köprüyü geçti. Biraz daha ilerlediğinde, şelalenin dibindeki ağaçsız alana geldi. Şelale yosunlarla kaplı, iki kayalığın arasından akıyordu. Altında taş basamakları andıran kaya çıkıntıları vardı ve su onların üzerinden süzülüyordu.

Amy suya girip kayalara tırmanmaya başladı. Yosunlu oldukları için ayakları kayıyordu. Ama dört basamağı tırmanmayı başardı.

Beşinci erişemeyeceği kadar yüksekti. Küçük, sığ bir mağaranın çatısını oluşturuyordu. Su onun önünden perde gibi akıyordu. Amy zaten sırılsıklam olmuştu. Dördüncü basamakta şelalenin içinden geçti.

Aslında burası iyi bir gizlenme yeri sayılmazdı. Şelaleye şöyle bir bakan, nereye gittiğini tahmin edebilirdi.

Mağaranın içinde birkaç adım yürüdü. Dan'le önceden oraya bir ağ ve uzunca bir sicim bırakmışlardı. Plana göre, Natalie'ye izini kaybettiremezse onu buraya getirecek, ağı üzerine atıp onu bağlayacaktı. Fikir Dan'den çıkmıştı. Ian'ı parkurun ağıyla yakalamaya karar verdikten sonra, bunu akıl etmişti.

Aslında pek de iyi bir plan sayılmazdı. Amy, Natalie'yi bağlayabileceğinden emin değildi. Şimdi bir de Isabel çıkmıştı.

Elleri titriyordu. İkisiyle birden nasıl başa çıkacaktı? Bir çare bulma umuduyla etrafına bakındı.

Ama aklına hiçbir şey gelmedi. Korkuyordu. Annesiyle babasının katili her an karşısında bitebilirdi.

Isabel başından beri yanında olmasa, Natalie annesini tanıyamayacaktı. Her zamanki şıklığından eser kalmamıştı. Üstü başı sırılsıklamdı. Ama kayalara şaşırtıcı bir çeviklikle tırmanıyordu.

Isabel peşinde Natalie'yle şelalenin içinden geçti. Natalie annesinin başını arkaya savurup saçlarındaki suları silkelediğini gördü. Şimdi deminki gibi acele etmiyordu.

Natalie, Amy'nin kayalık duvarın önünde durduğunu fark etti. Isabel elini uzattı. "Ejderi verir misin?" Suyun sesini bastırmak için hafifçe bağırmak zorunda kalmıştı. Natalie yine de annesinin bu kadar sakin davranmasını beklemiyordu doğrusu. Sanki Amy'den çikolata ya da onun gibi bir şey istiyordu.

Amy kıyın kıyın ondan uzaklaştı. "Yanımda değil," dedi. "İstersen üzerimi arayabilirsin. Gerçekten. Onu kasabada bıraktım."

"Bu durumda bizimle geliyorsun," dedi Isabel. "Ötekiler nerede? Gerçi o kadar da önemli değil. Senin için neler planladığımı duyduklarında koşarak gelecekler nasıl olsa."

Natalie annesinin planlarından haberdar değildi. Ama görünüşe bakılırsa, güzel bir öğle yemeğiyle alışverişi kapsamıyordu. İçine tuhaf bir huzursuzluk çöktü.

Aman sakın kanlı bir şey olmasın. Kana hiç dayanamıyorum. Çok iğrenç!

Natalie kendini annesine sadakatsizlik ediyormuş gibi hissetse de, elinde değildi.

Isabel atılıp Amy'yi kolundan yakaladı. Onu çekiştirerek şelalenin içinden geçirip kaya basamaklara doğru itti. Kolunu o kadar sıkıyordu ki, Amy can acısıyla bağırdı. Natalie kaygan taşlarda birkaç kez dengesini kaybederek onları izledi.

"Bana o ejderi vereceksin," diye tısladı Isabel. "Sonra da sizin şu dadıyı arayacağız."

Patikada yürümeye başladılar. Amy, Isabel'in elinden kurtulmak için debeleniyordu. Ama parmakları etini bir mengene gibi sıkıyordu.

Küçük, tahta köprü göründü. Sonra birden...

"AMY! KAÇ!"

Natalie, Amy'nin başını arkaya doğru savurduğunu gördü. Sonra var gücüyle Isabel'e kafa attı. Isabel acıyla ulurken, Amy elinden kurtulup köprüye doğru koştu.

Birden takır tukur sesler geldi. Natalie neler olduğunu anlayamadı. Isabel'le Amy'nin peşinden gittiler.

Ama sonra, Natalie düzinelerce küçük, kahverengi cismin onlara doğru yuvarlandığını gördü. Birine basıp dengesini kaybetti. Aynısı Isabel'in de başına geldi. Natalie düşmemek için köprünün payandalarından birine tutundu. Annesi onun kadar şanslı değildi.

Isabel düşüp başını demir bir direğe çarptı ve bayıldı.

Natalie çığlığı bastı. Annesinin alnındaki derin yaradan kanlar süzülüyordu.

Sonra birinin, "Bu köpek kakalarının bir gün işime yarayacağını biliyordum," dediğini duydu.

Amy gözlerine inanamıyordu.

Nellie ona yardıma gelmişti.

Yollarının üzerine koca bir torba dolusu muskat dökmüştü. Şimdi de köprünün diğer ucundan ona el sallıyordu.

Amy yaklaşan ayak seslerini duydu.

"Amy?"

Dan ona doğru koşarken zınk diye durdu.

"Neler oluyor burada?" diye sordu.

Bu arada, Nellie torbayı buruşturarak yanlarına geldi. Bir elini beline koydu. "Ben ancak kendim istediğimde oyun dışı kalırım," dedi Amy'ye imalı bir bakış fırlatarak.

Amy ona hayretle bakıyordu.

Dan yumruğunu havaya kaldırdı. "İşte bu! Ian'ı hallettim. Ağdan kurtulması saatler alır. Dişi çalabildin mi?"

Amy gözlerini kırpıştırdı. "Daha değil."

Hep birlikte yürüdüler. Isabel hâlâ baygındı. Amy doğru düzgün düşünemiyordu. Isabel gibi bir kötülük timsalini kırık bir oyuncak bebek gibi kolu bacağı bir yerde yatarken görmek o kadar tuhaftı ki.

"Bence şey yapabiliriz..." dedi Dan çatlak bir sesle. "Yani... Belki de artık bizi rahatsız etmemesini sağlayabiliriz."

Amy ona şaşkınlıkla baktı. *Her seferinde aklımdan geçenleri nasıl bilebiliyor?*

"Şey yapalım demiyorum tabii..." Dan doğru kelimeleri bulmak için duraksadı. "Bizi şöyle bir ay filan rahat bıraksa fena mı olur?"

İyi de ne yapacaklardı? Yine kafasına mı vuracaklardı? Birkaç kemiğini mi kıracaklardı? Karnına tekme mi atacaklardı?

Amy bunları sadece birkaç saniye düşündü. Sonra kararını verdi.

"Yapamayız," diye fısıldadı.

Sadece fiziksel bir zarardan söz etmiyordu. Isabel'den o tür bir intikam alamazlardı. Her zaman adaletin peşinde olduklarını söylemiyorlar mıydı? İşte karşılarına bir fırsat çıkmıştı. Diğer Madrigal'lar gibi olmadıklarını kanıtlamalıydılar.

Dan ikisi adına da derin bir iç çekti. Hem pişman olmuş hem de rahatlamıştı.

Natalie diz çöküp Isabel'in üzerine eğilmişti. Montunun koluyla annesinin alnındaki yaraya tampon yapıyordu. Başını kaldırdı.

"Kanamayı durduramıyorum," dedi. "Ne olur, yardım edin."

Amy, Natalie'yi ilk kez böyle görüyordu. Sırılsıklam olduğu için de darmaduman görünüyordu tabii. Ama sadece o değildi. Annesine bakarken beş yaşında, korkmuş bir kız çocuğundan farksızdı.

Nellie, Isabel'in sağını solunu yokladı. "Nabzı normal. Nefes alış verişi de öyle. Ama başına birkaç dikiş atmak gerekebilir."

"Dikiş mi?" dedi Natalie dehşetle. "Yani iz mi kalacak?"

Nellie ona aldırmadı. "Ne bekliyorsun?" diye sordu Amy'ye.

Amy duraksadı. Ama Isabel hâlâ yaşıyordu. Bir ölüye dokunmak gibi olmayacaktı. Yine de, bluzunun kolunu sıvarken kendini tuhaf hissetti.

İki kolunda da bilezik yoktu.

"Diş nerede?" diye sordu Natalie'ye.

Natalie çenesini sıkıp başını iki yana salladı.

"Onu aramamızı mı istiyorsun?" dedi Nellie tehditkâr bir sesle. "Bize göre hava hoş."

Amy, Natalie'ye göz attı. Sonra tekrar Nellie'ye baktı.

"Bize bir dakika izin verir misin? Sen de, Dan."

Dan isteksizce uzaklaştı. Nellie de onu izledi.

Amy, Natalie'nin yanına diz çöktü. "O dişe ihtiyacımız var," dedi. "Annen kendine gelirse onu yeniden bayıltmamız gerekecek ve bu sağlığı için iyi olmayabilir. Dişin yerini söylersen onu bir doktora götürmene yardım ederiz."

Natalie kaşlarını çatıp inatla susmaya devam etti.

"Ya beyin sarsıntısı geçiriyorsa?" diye üsteledi Amy. "Burada vakit kaybederek annene iyilik etmiyorsun."

Natalie çaresizlikle kıvranıyordu. "Pazarlık edelim," dedi. "Sende annemin istediği bir ejder var. Dişi vereyim. Sen de onu bana ver."

Amy başını iki yana salladı. "Yapamam."

Uzun bir sessizlik oldu. Natalie annesinin yarasına tampon yapmayı bıraktı. Kanaması durmuştu.

"Suratında iz kalmasından nefret edecek," diye fısıldadı. "Sence makyajla kapanır mı?"

Annesi baygın yatıyor, bu makyaj derdinde!

Ama Natalie gerçekten de endişeli görünüyordu.

"Ben makyaj yapmayı bilmiyorum," dedi Amy usulca. "Annemin bana öğretmeye fırsatı olmadı. Öldüğünde yedi yaşındaydım." Duraksadı. "Onunla yapamadığım o kadar çok şey var ki."

"Alışveriş gibi mi?" diye sordu Natalie. "Biz annemle en çok onu yaparız."

"Evet," dedi Amy. "Annemle bir daha hiç alışveriş yapamayacağız."

Natalie'nin gözleri irileşti. "Ne korkunç."

Amy öne eğildi. "Natalie, lütfen," dedi. "Annenin yardıma ihtiyacı var."

Natalie, Isabel'e baktı. "Söz veriyor musun?" diye sordu titrek bir sesle. "Dişi verirsem, ona bir şey yapmayacaksınız değil mi?"

Amy izci sözü verir gibi elini kaldırdı. "Söz."

Natalie annesinin pantolonunun belindeki iç cebe elini soktu. "Dişi buraya sakladı," dedi. "İşler planladığımız gibi gitmezse montunu çıkarmak zorunda kalabileceğini söyledi. *Ama kimse bana pantolonumu çıkarttıramaz*, dedi."

Amy başını salladı. "Akıllıca." Etkilenmişti doğrusu.

Natalie dişi çıkardı. Isabel onu bir anahtarlığa takmıştı. "Bunu uzun zaman önce buldu," dedi. "Genelde bileziğine takıyordu, ama bugün böylesinin daha güvenli olacağını düşündü." Dişi Amy'nin avcuna bıraktı. Amy bir an ona baktı. Sonra avcunu sıktı.

"Buradan ayrılma," dedi ayağa kalkarken. "Size yardım çağıracağız."

Natalie kaşlarını çattı. "Dur," dedi. "Yanınızda ip var mı?"

Amy şaşırdı. "İp mi? Neden?"

"Beni bağlamanız için. Annem kendine gelip dişi öğrenince..."

"Şimdi anladım," dedi Amy. Hafifçe gülümsedi.

"Bak, bu da gayet akıllıca," dedi içtenlikle.

ON DÖRDÜNCÜ BÖLÜM

Dan arabada ablasına öyle sert bir beşlik çaktı ki, Amy acıyla suratını buruşturdu.

"Başardık!" diye bağırdı Dan. "Solucan deliğinize geri dönün, Kobra'lar!"

Amy kardeşinin coşkusuna ortak olmakta güçlük çekiyordu. Gerçekten de, Isabel Kabra'ya karşı önemli bir zafer kazandığına hâlâ inanamıyordu. Dişi ondan almışlardı.

Dan heyecandan dilini tutamadı. "Dört kolun da sembolleri elimizde!" diye bağırdı. Amy'nin ona ters ters baktığını fark etmedi bile.

Boşboğaz, diye düşündü Amy. *Nellie sadece yılanlarla dişi biliyordu. Artık her şeyi öğrendi.*

"Ama hâlâ ne işe yaradıklarını bilmiyoruz," dedi Dan. "Şimdi ne yapacağız?"

Amy bunu çoktan düşünmüştü. "Nellie, Bayan Alice'i arar mısın? Sor bakalım, Grace oradayken küpeden başka bir şeyle ilgilenmiş mi?"

Sonraki telefon görüşmeleri umduklarından daha verimli oldu. Bayan Alice, Grace'in Port Royal arkeolojik kalıntılarından çok etkilendiğini hatırlıyordu. Orada bayağı zaman geçirmişti. Bayan Alice'in tavsiyesiyle, Lester'ı aradılar, çünkü o bir tarihçiydi ve Port Royal'i iyi biliyordu. Mesaisi bittikten sonra orada buluşmayı kararlaştırdılar.

Port Royal yolunda, okyanusun ortasındaki, Palisadoes adlı, ince, uzun kara parçasından geçtiler. Yarımada o kadar dardı ki, bazen bir tarafta Kingston Limanı'nın sularını ve diğer taraftaki açık denizi görebiliyorlardı. Lester, Nellie'ye St. Peter Kilisesi'ne gelmelerini söylemişti. Büyük ve önemli bir katedral beklerken, küçük, beyaz bir binayla karşılaştılar.

Lester onları sevimli gülümsemesiyle karşıladı. "Burada görmenizi istediğim bir şey var," dedi. Onları avludaki küçük mezarlığa götürdü.

Bir mezar taşını işaret etti. "İşte bu."

Amy üzerinde yazanları yüksek sesle okudu.

"Lewis Galdy. Ölüm yeri, Port Royal. Ölüm tarihi, 22 Aralık 1739. Yaş, 80. Galdy Montpelier, Fransa'da doğdu, ama dini için ülkesini bırakıp bu adaya geldi. 1692'deki, Büyük Deprem'de toprak onu yuttu, ama Tanrı'nın şanslı bir kulu olduğu için denize düştü ve yüzerek hayatta kalmayı başardı. Bir gemi tarafından kurtarıldıktan sonra büyük bir üne kavuştu. Ölümüne dek sevgi ve saygı görerek yaşadı."

"Büyük Deprem'de toprak onu yuttu ne demek?" diye sordu Dan.

"7 Haziran 1692," dedi Lester. "Büyük bir depremin ardından gelgit dalgaları ve artçı şoklar geldi. Lewis Galdy büyük ihtimalle, diğer birçok kişi gibi, sarsıntı yüzünden açılan bir yarığa düştü. Artçı depremlerle çatlaklar kapandığı için çoğu yer altında mahsur kalarak öldü. Ama Galdy bir şekilde hayatta kalıp kendini açık denizde bulmuş."

"Ne macera ama!" diye bağırdı Dan.

Lester sırıttı. "İlginizi çekeceğini biliyordum."

"Böyle bir felaketten canlı kurtulması mucize!" dedi Amy.

"Deprem şehrin üçte ikisini mahvetti," diye anlattı Lester. "Buraya gelirken fark etmişsinizdir. Şimdi sessiz sakin bir balıkçı köyü."

"Kim bilir ne şiddetli bir depremdi!" dedi Nellie.

"Asıl zararı dalgalar vermiştir," diye atıldı Dan. "Tsunami dalgaları gibi. Her yeri bataklığa dönüştürmüş olmalılar."

"Yaklaştın," dedi Lester. "Ama tam olarak doğru değil. Şehir kumların üzerine inşa edilmişti. Deprem ve gelgit dalgaları zemini bozdu. Kayan kumlar şehri yuttu."

Dan'in ağzı beş karış açık kaldı. "Bütün şehri mi? Vay canına!"

"Şimdi adına Batık Şehir diyorlar." Lester kuzeydoğuyu işaret etti. "Kazı ekibiyle bazı araştırmalar yapmıştım. Batık Şehir Karayip Denizi'ndeki en zengin arkeolojik sitelerden biri. Hatta bütün batı yarımküredeki. Düşünsenize, bir on yedinci yüzyıl şehri suyun altında olduğu gibi duruyor!"

Lester'ın heyecanı Amy'ye de bulaşmıştı. Tarihi oldum olası severdi. Ama Lester sayesinde tarihin zamanlar, mekânlar ve isimlerden ibaret olmadığını fark ediyordu. Genç adam geçmişi bütün ruhuyla hissediyordu.

"Bazı gemi batıkları da var," dedi. "Onlar da titizlikle kazılıyor."

Amy onu can kulağıyla dinliyordu. "Biz de arkeolojik kazıları görsek?" dedi. "Hiç olmazsa birini?"

Grace, diye düşündü. Bayan Alice, Grace'in burada bayağı vakit geçirdiğini söylemişti. Belki de Anne Bonny ya da Nanny'yle bağlantılı bir şeyler bulmaya çalışıyordu. Bir kazı alanı ne aradığını keşfetmek açısından yararlı olabilirdi.

Lester güldü. "Normalde turistlerin oralara girmesine izin verilmez, ama ne yapabileceğime bakacağım." Muzipçe göz kırptı.

Dan sırıttı. "Bir tanesin!"

"Sağ ol. Siz de öylesiniz."

"Biliyoruz," dedi Dan neşeyle.

Arabayla yarımadanın diğer tarafından okyanusa yaklaştıklarında, Amy belki yüzüncü kez suyun rengine hayranlıkla baktı.

"*Tur-ku-gö-balt,*" diye fısıldadı.

Sonra gözlerini kırpıştırdı.

Çantasından altın şeritle büyüteci çıkardı.

"Ne oldu?" diye sordu Dan. "Bir şey mi kaçırdık?"

Amy'nin gözleri parladı. "Buldum!" diye bağırdı. "Bunlar kelime değil, kısaltma." Çantasını karıştırdı.

Bir kalem ve not defteri çıkardı.

"Bak," dedi yazarken.

EKTOMALUJA
EK- Ekaterina
TOMA- Tomas
LU- Lucian
JA- Janus

"Süpersin!" diye bağırdı Dan, ama sonra yüzü asıldı. "Kelimenin anlamını çözmekle iş bitmiyor ki. Bununla ne yapacağımızı hâlâ bilmiyoruz." Öfkeyle yumruğunu avcuna vurdu. "Çok sinir!"

Amy altın şeridi kaldırdı. "Biliyorum, ama iki adım ileri, bir adım geri bile bir gelişme sayılır."

"Ama hiç geri adım atmamak daha büyük bir gelişme," diye homurdandı Dan.

Port Royal arkeolojik kazı alanı turistlerin ziyaret edebildiği bir yer değildi. Çalışmaların büyük bir kısmı ana iskeleye yakın, çelik bir barakada yürütülüyordu.

Lester onları içeri soktu. Tek odalı, ama geniş bir alandı. İki kenarda uzun masalar vardı. Arka duvarın önünde bilgisayar masaları duruyordu. Odada altı kişi çalışıyordu. Ortada, yere serili muşambaların üzerinde esrarengiz cisimlerle dolu sandıklar vardı. Ne olduklarını anlamak güçtü, çünkü hepsi de kahverengimsi ve grimsi, yeşil bir tabakayla kaplıydı.

Amy heyecanla ürperdi. Bu renkler, pas, kaya midyesi ve yosun, sandıklardaki eşyaların okyanusun altından çıktığını işaret ediyordu. Batık Şehir'den gelmişlerdi. Ya da gemilerden.

"Burada yürütülen projede, kuma gömülen ve neredeyse ilk günkü halleriyle bugüne dek ulaşan beş tane binadan çıkanlar inceleniyor," diye açıkladı Lester. "Bakın, duvarlarda binaların mimari çizimleri var."

"Ya korsan gemileri?" diye sordu Amy. "Onlardan gelenler de var mı?"

"Olabilir," dedi Lester. "Gemileri daha çok özel enkaz kaldırma şirketleri inceliyor. Ama Port Royal yıllarca bir korsan cennetiydi. Onun için, binalarda bulduklarımızın arasında da, korsanlara ait eşyalar vardır belki."

Amy, Dan'e imalı bir bakış fırlattı. Anne Bonny'nin

elini sürdüğü bir şey bu odada olabilirdi.

"Etrafa bakabilirsiniz," dedi Lester. "Ama hiçbir şeye dokunmayın, lütfen. Sorularınızı memnuniyetle yanıtlarım." Soldaki duvarı işaret etti. "Burada daha büyük eşyalar inceleniyor. Diğerinde de daha küçükler."

Dan'le Amy sağa yöneldi. Uzun masaların başında üç kişi çeşitli araç gereçler kullanarak çalışıyordu. Bazıları dişçilerin aletlerine benziyordu. Minik kazıyıcılar ve kürdanlar vardı. Büyüteçler ve hatta bir mikroskop. Küçüklü büyüklü fırçalar.

Bir kadın büyük bir kâseyi kazıyordu. Başka birinin elinde gümüş bir bıçak vardı. Amy ara sıra duraksayarak oda boyunca yürüdü. Müthiş sabır isteyen bir işti. Tek bir çatalı bile temizlemek günler sürebilirdi.

"Önce mekanik yollarla temizlik yapıyoruz," dedi Lester. "Diğer bir deyişle, cisimleri elle temizlemeyi deniyoruz. Başarılı olamazsak, kimyasallara başvuruyoruz. Ama o daha riskli tabii. Bir şeyin hangi maddeden yapıldığından emin olamadığında, kimyasal banyoya konduğunda nasıl bir tepki vereceğini kestiremiyorsun. Onun için, o işlemi üniversiteler yapıyor. Biz burada işin yalnızca mekanik kısmını hallediyoruz."

Amy son iki masaya doğru yürüdü. Birinde temizlenenler vardı. Her biri fermuarlı poşetlere konup numaralarla etiketlenmişti. Öbür masadakiler kimyasal temizliğe gönderilecekti, çünkü hâlâ paslıydılar.

Amy temizlenen cisimlere göz attı. Çoğu çanak çömlek kırıklarına benziyordu. Poşetlerden birinde birkaç parçası eksik, seramik bir sürahi vardı. Başka birine, her tarafı kargacık burgacık desenlerle dolu, gümüş bir kutu koymuşlardı. Yepyeni görünümlü üç kalay tabak, birkaç cam şişe, kilden yapılmış pipolar ve en az bir düzine de kaşık vardı.

Dan yanına geldi. "Bunca şeyin arasında onu nasıl bulacağız bilmem."

"Ne aradığımızı bilsek daha kolay olurdu."

Dan umutsuzca odanın ortasındaki yığını işaret etti. Ama eli havada asılı kaldı.

"Bir dakika," dedi. "Ne olduğunu bilmiyoruz, ama hakkında bir şey biliyoruz. Belki de ayı, kurt ve yılanlarla ilgili bir şeyler aramalıyız."

Amy kıpırdamadan durdu. Dan'in söyledikleri aklına bir fikir getirmişti. Bakışları yeniden gümüş kutuya kaydı.

Sadece kapağında değil, her yerinde oymalar vardı. Aralarında kurt ya da ayı yoktu. Bu çok kolay olurdu zaten. Sadece anlamsız desenler vardı.

"Dan," diye fısıldadı. "Şu kutuya bak. Yan tarafındaki boşluğu görüyor musun?"

Dan gösterdiği yere baktı.

"Ben mi delirdim, yoksa..."

"Delisin tabii. Yıllardır söylüyorum."

Ama Amy şaka yapacak halde değildi. "Oymalı olmayan yer dikdörtgene benziyor," dedi. "Ama köşeleri yuvarlak. Bence bununla birebir uyuşuyor." Ejderli madalyona dokundu.

Dan bir kolyeye, bir kutuya baktı. Sonra gözlerini kapadı. Onları tekrar açtığında, "Manifestoda oymalı bir kutu vardı," dedi.

"Sahi mi?" diye bağırdı Amy heyecanla. Kardeşinin hafızasına bir kez daha şapka çıkarırken, bir ipucu yakalamanın sevinciyle gülümsedi.

"Şuna yakından bakmalıyız," dedi Dan.

Nellie'yle laklak eden Lester'ın yanına gitti. Üçü birlikte Amy'ye doğru yürüdü.

"Tabii, poşetten çıkarabilirim," diyordu Lester. "Ama dokunamazsınız."

Kutuyu dikkatle çıkardı. Bir ayakkabı kutusunun yarısı büyüklüğündeydi. "Bununla ilgilenmenize şaşırdım," dedi. "Burada batık şehirden çıkarılmayan tek bir parça var, o da bu."

"Ya nereden geldi?" diye atıldı Amy.

"İsmini vermek istemeyen biri bağışladı," dedi Lester. "Yanında bir de mektup vardı. Kutu Port Royal'de yaşayan bir aileninmiş. Depremden kurtulmuşlar. Bağışçı onun da diğerleriyle birlikte sergilenmesini doğru bulmuş."

Kutuyu hafifçe salladığında belli belirsiz bir ses duydular. "Mektupta onu kimsenin açamadığı da yazıyordu. İçinde bir şey var, ama ne olduğunu hiçbir zaman öğrenemeyebiliriz. Röntgen ışınlarıyla bakmayı denedik, ama kutunun içi kurşunla kaplı. Eh, içindekini görmek için de tarihi bir eseri mahvedemezdik. Çin bulmaca kutularını bilir misiniz?"

"Evet, bir tane görmüştüm," dedi Nellie. "Müthişti."

"Genelde tahtadan yapılırlar ve kayan parçalardan oluşurlar. Bir kilit mekanizması yoktur. Ama parçaları doğru şekilde kaydırmadıkça asla açılmazlar. Bu da onlara benziyor. Ama hareketli parçaları yok. Ne yazık ki, şimdiye kadar açmayı başaramadık."

Her yerini görsünler diye kutuyu havaya kaldırdı. Amy'yle Dan onu dikkatle inceledi. Birkaç dakika sonra, Dan gözleri parlayarak ablasına baktı. Amy hemen ona sokuldu.

Kutunun madalyonla uyuşmayan yüzündeki oymalar rastgele yapılmış gibi duruyordu. Ama Amy, Dan'in dikkatini neyin çektiğini hemen anladı. Başka bir boş kısım daha vardı. Ne aradığını bilmediğin sürece, onu fark etmen imkânsızdı.

Tam da bir ayı pençesi büyüklüğünde ve şeklindeydi.

Kutunun üçüncü yüzünde, iki yılanı andıran desenler ve dördüncüde tıpkı bir kurt dişi ebatlarında bir boşluk buldular.

"Bize bir dakika izin verir misiniz?" dedi Amy ve Dan'le birkaç adım uzaklaştılar.

"İsmini vermek istemeyen bir bağışçı," diye fısıldadı Dan heyecanla. "Bir Cahill olduğundan adım gibi eminim."

"Kutu onun için hileli," dedi Amy. O da en az Dan kadar heyecanlıydı. "Dört sembolü de yerine yerleştirdiğinde açılıyor!"

"O kutu bizde kalmalı," dedi Dan.

Amy ayı pençesi şeklini gördüğünden beri bunu düşünüyordu. "Ama nasıl?" diye sordu. "Onu çalarsak, Lester'a büyük kötülük ederiz. Bizim yüzümüzden işini bile kaybedebilir."

"Tabii ki kutuyu çalmak istemiyoruz. Ama tek seçeneğimiz bu."

"Efendim?"

Amy şaşkınlıkla arkasını döndü. Nellie konuştuklarına kulak misafiri olmuştu.

"Buradan hiçbir şey çalmıyorsunuz," dedi sertçe.

Amy yumruklarını sıktı. "Bu seni hiç ilgilendirmez."

Nellie soğukkanlılığını korudu. "Göreceğiz," dedi ve gitti.

ON BEŞİNCİ BÖLÜM

"Lester, biraz konuşabilir miyiz?"

Nellie masaya yaklaştı. Lester kutuyu dikkatle plastik torbaya koyuyordu.

"Tabii," dedi. "Ne oldu?"

Nellie yılanlı burun halkasına dokundu. Bu o kadar karışık bir durumdu ki, nereden başlayacağını hiç bilmiyordu.

Ama en başından başlamalıydı. Grace'ten. Her şeyi başlatan oydu zaten.

"Grace bu projeyle yakından ilgiliydi sanırım," dedi.

"Ah, evet," diye karşılık verdi Lester gülümseyerek. "Jamaika'nın tarihi fazlasıyla ilgisini çekiyordu.

O buradayken ben daha çocuktum. Nineme eski hikâyeleri sorardı. O da anlatırdı. Yanlarında oturup dinlemeye bayılırdım. Belki de tarih sevgimin tohumları o günlerde atıldı."

"Senin bu projede çalıştığını biliyor muydu?"

"Evet, tabii. Bana bu işi o buldu. Amerika'da bir üniversitenin Jamaika Tarih Derneği'yle burada bir kazı çalışması başlatmak için işbirliği yaptığını duymuş. Hemen büyük bir bağış yaptı ve buradaki araştırmacılardan biri olmam için bana bir görüşme ayarladı." Gülümsedi. "Şimdi tüm gün Arşiv'de çalışıp projeye danışmanlık yapıyorum."

Nellie başını salladı. Bir kez daha, Grace'in dehasıyla karşı karşıyaydılar.

Lester kaşlarını çattı. "Grace ara sıra halimi hatırımı sorardı. Araştırmanın nasıl gittiğini merak ediyordu. Son birkaç aydır sesi çıkmıyordu. Keşke ben arasaydım."

Üzüntüyle başını eğdi. Birkaç dakika konuşmadılar.

Nellie onun koluna dokundu. "Lester, Grace hakkında bilmediklerin var," dedi. "Bu projeyle ilgilenmesi tesadüf değildi. Kendince bir sebebi vardı. Burada bir şey bulmayı umuyordu."

Lester ona merakla baktı. "Ne?"

"Kulağa saçma geldiğini biliyorum, ama bizce ne aradığından o da emin değildi. Ama yıllar içinde, bazı parçaları birleştirdi. Ne yazık ki, araştırmasını bitirmeye ömrü yetmedi. Onun için, Amy ve Dan büyükannelerinin izinden gidip o şeyi bulmak istiyor. Ben de öyle tabii."

Lester şaşkın görünüyordu. Ama paniklememişti. "Pekâlâ," dedi. "Size elimden geldiği kadar yardım etmeye çalışacağım."

Nellie derin bir nefes aldı. "Bu, Grace için çok önemliydi. Ayrıca da bir sırdı. Mümkün olduğunca az insanın bilmesini istiyordu. Uzun lafın kısası, bizim bu kutuya ihtiyacımız var, Lester." Başıyla masayı işaret etti. "Onu yanımızda götürmemiz gerek." Lester itiraz etmeye başlamadan elini kaldırdı. "Ama önce anlaşalım."

Lester'a cevap hakkı tanımadan devam etti. "Onu açmak için gerekli parçalarından en azından birine sahip olduğumuzu düşünüyoruz. Ama kutuyu bize vermezsen, yanılıp yanılmadığımızı öğrenme şansımız olmayacak. Onunla işimiz bittiğinde, sana kutuyu nasıl açacağını söyleyeceğiz."

Göz göze geldiler.

Ne olur evet de, diye düşündü. Aksi takdirde, birlikte çalıştığı insanlar büyük hayal kırıklığına uğrayacaktı.

O zaman da başı derde girecekti.

Lester masadaki kutuya baktı. Sonra yakındaki bir bilgisayarda çalışan meslektaşına göz attı. Belki de patronuydu. Yine kutuya ve en sonunda, Nellie'ye baktı.

Cevap vermesi Nellie'ye saatler sürmüş gibi geldi.

"Pekâlâ, anlaşalım," dedi sonunda. "Ama *benim* şartlarımla. Grace, ninemle benim için dünyalar kadar değerliydi. Siz gelmeden önce, onun için yapmayacağım hiçbir şey olmadığını söylerdim."

Başını iki yana salladı. "Ama yanılmışım. Kutuyu almanıza izin veremem. Sadece işimi kaybedeceğim için değil. Çalışma ahlakımı da hiçe sayacağım için, bunu yapamam. Onu almak için iyi bir nedeniniz olduğuna inanıyorsunuz. Ve tarihi eser kaçakçılığı yapan herkes de tıpkı sizin gibi düşünüyor."

"Ama mutlaka geri getireceğiz! Söz veriyorum!"

Nellie elini kalbine götürerek Lester'ı kendine inandırmaya çalıştı.

"Sana güvenmediğim için değil," dedi Lester. "Seni tanımıyorum bile. Aslında Grace'i tanıman ve onların da onun torunu olmaları yeterli olmalıydı. Ama değil ne yazık ki."

Nellie hayal kırıklığıyla başını eğdi. Kutuyu çalmak zorunda kalacaklardı. Onlara bu kadar iyi davranan, Lester'ı ve Bayan Alice'i kendilerinden nefret ettireceklerdi.

Lester'ın ona dikkatle baktığını fark edince, o da gözlerini kaçırmadı. Bu arada çoktan kutuyu çalma planları yapmaya başlamıştı bile.

Lester az sonra başını salladı. Kararını vermiş gibiydi.

"Kutuyu alamazsınız," dedi. "Ama ben alabilirim. Üzerinde araştırma yapacağımı söylerim ve onu kazı alanının dışına çıkarmama izin verirler. Yani kutuyla her ne yapmak istiyorsanız, benim gözetimimde yapacaksınız."

Nellie onun boynuna atıldı. Bunu tamamen içinden gelerek yapmıştı. Ne de olsa, Lester pek şekerdi.

"Binlerce teşekkür! Söz veriyorum, pişman olmayacaksın."

Nellie'nin heyecanını gören Dan'le Amy onlara yaklaştı. Nellie başparmaklarını havaya dikti.

"YAŞASIN!" diye bağırdı Dan ve ay dansı yapmaya çalıştı. Beceremedi tabii.

Nellie, Lester'a gülümseyen Amy'yle göz göze gelince kaşlarını kaldırdı. Ama Amy omuz silkmekle yetindi.

İnatçı keçi, diye düşündü Nellie. *Dan'i yumuşatabilirim belki, ama bu kız çetin ceviz.*

Lester tatlı tatlı gülümseyerek Nellie'nin kollarından kurtuldu. Kutuyu aldı.

"Başkanla konuşayım," dedi. "Dışarıda buluşuruz."

Hava bozuyordu. Güneş turuncu, kızgın bir topa dönüşmüş, mor bulutların arasından başını uzatmaya çalışıyordu. Palmiye ağaçları sert bir rüzgârla dalgalanıyordu.

Amy çıplak kollarını ovuşturdu. Hava ılık ve nemli olmasına rağmen, rüzgâr üşütüyordu.

"Fırtına geliyor," dedi Nellie.

Ama Amy havayı düşünemeyecek kadar heyecanlıydı. Ejderhalı madalyona dokundu. "Onu kesmem gerekecek," dedi üzüntüyle. *Belki Grace oldum olası, kötü kalpli bir Madrigal'di*, diye düşündü. *Ama bu kolyeyi tüm bunları öğrenmeden önce de severdim.*

"Bence ona sadece kutuyu açmak için ihtiyacımız olacak," dedi Dan. "Sonrasında yine kolye olarak kullanabilirsin."

"O biraz zor," dedi Nellie. "Lester kutuyu bize versin diye, ona kutuyu nasıl açtığımızı göstereceğimizi söyledim."

"Olsun," dedi Dan. "Nasıl açacağını söylemek elimizde ne var ne yoksa ona vermemiz gerektiği anlamına gelmez ki."

"O kadar emin olma," dedi Amy. "Bir şeyi açamadıktan sonra onu nasıl açacağını bilsen ne olur, bilmesen ne olur?"

"Belki madalyonun ve diğer sembollerin kopyalarını yaptırabiliriz," diye önerdi Dan.

Amy ona sevgiyle baktı. Kardeşi, Grace'in kolyesinin onun için ne kadar anlamlı olduğunu biliyordu.

O sırada, Lester dışarı çıktı. Elinde kalın beze sarılı bir paket vardı.

Kutu. Amy heyecanla ürperdi.

"Pekâlâ, nereye gidiyoruz?" diye sordu Lester.

Amy biraz düşündü. "Bir otelde oda tutsak? Etrafımızda insanlar varken yapamayız."

"Yakında Royal Harbour var," dedi Lester. "Port

Royal'in en güzel otelidir. Hemen şurada."

"Siz yürüyün," dedi Nellie. "Ben arabayı alayım."

Rüzgâr şiddetleniyordu. Amy gözüne giren saçlarını eliyle tutmaya çalıştı.

Otelin önünde beklemeye başladılar. Birkaç dakika sonra, Nellie geldiğinde sağanak başladı. Amy'yle Dan çantaları ve Saladin'in kutusunu almak için koştu. Saladin arabada yalnız bırakılmaktan hiç hoşlanmadığını açıkça belli etti. Dan onu kutusundan çıkarıp okşadı. Saladin son bir kez öfkeyle mırıldanıp sonra Dan'in kucağına yerleşti.

Nellie otele giriş yaparken Lester lobinin karşı duvarındaki pencereye doğru yürüdü. İleride okyanus görünüyordu. Palmiye yapraklarının gölgelediği terasta şık bir restoran vardı.

Amy de pencereye yaklaştı. Restoranda yemek yiyenlere baktı. Birkaç çift, bir kadın grubu ve yuvarlak bir masanın etrafında beş kişi vardı...

Amy'nin yüzü sapsarı kesildi.

Beş kişi.

Ian, Natalie, iki iri kıyım adam ve Isabel.

Isabel Kabra'nın başı sargılıydı. Amy'nin iki gün önce taktığı gazlı bezin biraz daha büyüğüydü. Ama sargı bezi Isabel'i güçsüz ve yaralı göstermiyordu.

Daha çok bir korsanın göz bandına ya da bir motosiklet çetesi üyesinin yara izine benziyordu. Onunla daha da dişli biri olup çıkmıştı.

Amy neredeyse ona hayranlık duyacaktı. Sadece birkaç saat önce Isabel baygındı ve kanaması vardı. Hiç değilse, baş ağrısı devam ediyor olmalıydı. Ama burada oturmuş, plan yapıyordu.

Ve Amy bir çay daveti planlamadığını biliyordu.

"Dan!" Amy, kardeşinin yanına koştu. "Kabra'lar burada!"

"Hani nerede?"

Amy telaşla işaret etti. "Dışarıda, restoranda. Her an gelebilirler!"

"Lester'ı uyarmalıyız!"

Amy, Lester'a ne söyleyeceklerini düşündü. Ona ipucu avını anlatmaları saatler sürerdi. *Sadece en can alıcı noktayı*, diye karar verdi.

"Lester!" dedi nefes nefese. "Restoranda birileri var. Bizi görürlerse, ne yaparsan yap ama sakın kutuya yaklaşmalarına izin verme. Onu kesinlikle öğrenmemeliler."

"Onu senden çalmaya kalkışabilirler," dedi Dan. "En iyisi bizi tanımıyormuş gibi yap."

Lester onlara şaşkınlıkla baktı.

"Geliyorlar!" dedi Dan.

Plan yapacak vakit yoktu. "Pencereye dönün!" dedi Amy. "Belki bizi fark etmezler."

Nellie onlara doğru yürüyordu. "Hallettim," diye seslendi. "Ne oluyor?"

"Kabra'lar burada," dedi Dan. "Lester'ı görmelerine izin veremeyiz."

Nellie soru sormadı. Pencerenin önünde, Lester'ın çevresini kuşattılar.

"Geliyorlar," diye tısladı Dan.

Kabra'lar takım elbiseli ve güneş gözlüklü iki adamla lobiye girdi. Adamların ikisi de en az 1.90 boyundaydı. Geniş omuzları ve şişkin pazılarıyla oldukça ürkütücü görünüyorlardı. *Bunlar beni kahvaltı niyetine yer*, diye düşündü Dan.

Amy dışarıda bir şeyle ilgileniyormuş gibi yapmaya çalıştı. Yağmur iyice hızlanmıştı. Kabra'lar lobinin karşısına doğru yürürken, birkaç saniyeliğine görüş alanına girdiler. Amy arkalarından bakmamak için saniyeleri saymaya başladı.

İki... üç... dört... Otelde kalıyorlarsa, şimdiye

asansöre ulaşmış olmalıydılar. Otelde kalmıyorlarsa da, kapıdan çıkmak üzereydiler. *Beş... altı... yedi...*

Yedi ne yazık ki, Amy'nin şanslı sayısı değildi.

ON ALTINCI BÖLÜM

"İşte oradalar!" Isabel'in sesi lobide çınladı. "Hugo, Anton, acele edin!"

Amy hızla arkasını döndü. Kabra'lar tam da tahmin ettiği gibi, asansörün oradaydı. Ian'la Natalie asansöre binmişti bile. Kapılar kapandı ve Isabel iki adamla yalnız kaldı. Asansör hareket etti. Kat numaraları yanıp sönmeye başladı.

Nellie, Lester'a döndü. "Kaç! Nereye gidersen git, ama o kutu asla ellerine geçmemeli! Biz onları oyalarız."

Lester konuşacak gibi ağzını açtı. Ama Isabel yanındaki adamlarla onlara doğru koşuyordu.

Saladin hâlâ Dan'in kucağındaydı. Birden kediyi öne uzattı. "GERİ ÇEKİLİN!" diye bağırdı. "Bu kedi çok tehlikeli. Şey virüsü taşıyor… şey… keditüs virüsorus garipus. İnsanlar için öldürücü olabilir!"

Saladin, Dan'in söylediklerini doğrular gibi, patilerini uzatıp havayı tırmalamaya ve tıslamaya başladı. Virüs uydurma bile olsa, hastalıklı olarak tanımlanmak hoşuna gitmemişti.

Isabel zınk diye durunca peşindeki iki adam ona çarptı. Isabel de kafasını adamlardan birinin omzuna çarptı. Acıyla bağırarak sendeledi.

Sadece birkaç saniyelik bir duraksamaydı, ama fırsatı kaçırmadılar.

"Lester, lütfen," diye yalvardı Amy. "Git buradan!"

Lester hayretle başını sallayıp koşar adım restoranın kapısından çıktı. Az sonra, Amy onu pencereden gördü. Sağanak yağmurda kazı alanına doğru koşuyordu.

Tam o sırada, asansörün kapıları açıldı. Natalie'yle Ian birkaç kat çıkıp geri dönmüştü.

Isabel kendine gelmeye çalışır gibi silkelendi. "Neredesiniz siz? Hugo, Anton, sizi ahmaklar! Yalı kazığı gibi dikilmeyin de şu adamı takip edin! Elinde bir şey vardı. Şu tarafa gitti." Restoranın kapısını işaret etti.

Dan, Saladin'i kutusuna koydu. Yakınlarda duran *bellboy* kediye endişeli gözlerle baktı.

Amy'yle Nellie koşmaya başlamıştı bile. Hugo ve Anton peşlerindeydi. Dan de kutuyu kaptığı gibi kovalamacaya katıldı.

Fırtına. Nellie dışarı çıkar çıkmaz aklına gelen ilk kelime buydu. Yağmur yatay yağıyordu. Damlalar yüzlerine çarpıyordu. Nellie televizyonda gördükleri dışında gerçek bir fırtınayla ilk kez karşılaşıyordu. Onun için, rüzgârın hızının daha ne kadar artabileceğini bilmiyordu. Belki de en doğrusu, bunu hiç düşünmemekti.

Garsonlar telaşla masaları topluyordu. Restoran boyunca koşarak plaja inen basamaklara yöneldi. Amy'yle Dan de yanındaydı. Nellie basamakları bir sıçrayışta indi ve daha birkaç adımda sırılsıklam oldu.

Rüzgârın uğultusu arasında Amy'nin çığlığını duydu. "Bu taraftan!"

Sağa döndüler. Kumsalın ilerisinde fırtınayla mücadele eden, Lester'ı gördüler. Gelgitte dalgalar çekildiği için plaj oldukça genişti. En azından, fırtına başlamadan önce öyleydi. Ama şimdi kıyıya vuran her dalga bir öncekinden daha yüksekti.

Isabel'in adamlarını durdurmanın en iyi yolu neydi? Nellie cesaretini toplayıp omzunun üzerinden baktı.

"Hey!" diye seslendi. "Adamlar yok! Gitmişler!"

Hugo ve Anton artık peşlerinde değildi.

"Bence ön kapıdan çıktılar!" dedi Dan. "Lester'ın peşindeler!"

"Ona önce biz ulaşmalıyız!" diye bağırdı Nellie.

Rüzgârın gürültüsü yüzünden birbirlerini zor duyuyorlardı.

Nellie aklını çalıştırdı. Ama bu fırtınada düşüncelerini toparlamakta güçlük çekiyordu. *Kumlarda koşmak kolay değil. Yola çıktılarsa onlara zor yetişiriz. Lester bayağı ileride. Ama kazı alanına gidecek ve o haydutlar onu orada kapana kıstıracak.*

Var güçleriyle koşmaya devam ettiler. Lester kazı alanına varmak üzereydi.

"Acele edin!" diye bağırdı Amy.

Nellie daha hızlı koşamayacağını düşünüyordu, ama Amy'nin çığlığıyla son bir gayretle ileri atıldı.

Sonra Lester birden durdu. Nellie onun Hugo'yla Anton'u gördüğünü tahmin etti.

Lester gerisin geri onlara doğru koşmaya başladı.

Nellie haydutlardan birinin peşinde olduğunu gördü. Ya diğeri neredeydi?

Birkaç saniye sonra, cevabını aldı. İkinci adam biraz ileriden kumsala girdi. Lester iki haydudun arasında kalmıştı. Anton'la Hugo aralarındaki mesafeyi hızla kapatıyordu. Lester biraz daha ilerledi. Sonra Nellie'nin şaşkın bakışları arasında sağa döndü.

Okyanusa doğru.

"Ne yapıyor bu?" diye bağırdı Dan.

Hugo'yla Anton, Lester'ı takip etti. Cahill'ler de onları. Nellie yağmurun arasında Lester'ın sudan yükselen ince bir kum tabakasının üzerinde koştuğunu gördü. Belki de haydutların onu takip etmeyeceğini sanıyordu. Fırtınada okyanusun ortasına doğru koşmak pek de akıl kârı sayılmazdı.

Denize uzanan kara parçası dar olduğu için üçü yan yana koşamıyordu. Amy en öndeydi. Nellie'nin bileklerine sular çarpıyordu. Ama her yer o kadar ıslaktı ki, yağmur damlaları mı, yoksa denizin dalgaları mı olduğunu anlayamıyordu.

Amy'nin omzunun üzerinden, Lester'ın bir kum tepesinden sektiğini gördü. Sonra Lester dönüp arkasına baktı.

Hugo ve Anton önlü arkalı, adeta tek vücut halinde koşuyordu. Birden ikisi de takılıp düştü.

İyi de neye takılmıştı bunlar? Nellie yerde bir taş ya da başka bir engel göremedi. Sadece suyun yaladığı kumlar vardı.

"DURUN!" diye bağırdı Lester. "YAKLAŞMAYIN! KUMLAR KAYIYOR!"

Amy zınk diye durunca Nellie ona çarptı. Dan de ikisine birden bindirdi. Birbirlerine tutunarak ayakta kalmayı başardılar. Üçü de karşılarındaki manzarayı ağızları beş karış açık izledi.

Hugo ve Anton, Lester'ın fark edip üzerinden atladığı bataklık kumlarına yakalanmıştı. Şimdiden dizlerine kadar kumun içine gömülmüş, kurtulmak için çırpınıyorlardı.

"NELLIE, YAKALA!" diye bağırdı Lester.

Elindeki bohçayı onlara fırlattı. "GERİ DÖNÜN! BENİ KULÜBEDE BEKLEYİN!"

Tabii canım, diye düşündü Nellie. *Emin ol, seni burada onlarla yalnız bırakıp gideriz.*

Ama geri çekildi. Dan'le Amy de öyle.

Lester, Hugo'yla Anton'a bir adım yaklaştı.

"Beni dinleyin!" diye bağırdı. "Size oradan nasıl kurtulacağınızı söyleyeceğim. Debelenmeyin, daha derine gömülürsünüz. Sırtüstü yatın."

Adamlar Nellie'nin daha önce hiç duymadığı küfürlerle karşılık verdiler. Hâlâ debelenip duruyorlardı.

Biri beline, öteki dizlerinin üzerine kadar kuma gömülmüştü.

"Sırtüstü yatın!" diye bağırdı Lester yine. "Kollarınızı iki yana açın ve bacaklarını yüzüyormuş gibi tekmeleyin! Tek şansınız bu!"

Onlara doğru bir adım daha attı. Nellie kum çukuruna düşmemek için özellikle yavaş hareket ettiğini fark etti.

Sonra Hugo ya da belki Anton birden böğürerek ona doğru atıldı. Lester'ın bacağına tutunup kendini yukarı çekmek istedi.

Ama bunun yerine, Lester çukura yuvarlandı!

"LESTER!"

Dan, Amy ve Nellie koro halinde adını seslendi.

İki haydut bağırarak Lester'la boğuşuyordu. Biri hâlâ kolunu tutuyordu. Öteki de kemerine asılmıştı. Lester az kalsın yüzüstü kumlara düşüyordu. Ama

Anton'a ya da belki Hugo'ya tutunup dengesini korumayı başardı. Sonra haydutlardan birinin burnuna dirsek attı. Adam uluyarak elleriyle yüzünü kapadı.

"Siz aptallar, ölmek istemiyorsanız, iyi dinleyin!" diye bağırdı Lester.

Dan onu hayranlıkla izliyordu. Lester adamların gürültüsünü bastırmak için bağırarak konuşuyordu. Ama sesinde en ufak bir telaş yoktu. Dan ateş altında kalsa da bu kadar rahat olabilir miydi diye düşünmeden edemedi.

Hugo'yla Anton birbirlerine baktı. Sonra Lester'a baktılar. İkisi de debelenmekten vazgeçti. Dan fırtınanın hafiflediğini fark etti. Hâlâ yağmur yağıyordu, ama rüzgâr eskisi kadar kuvvetli değildi.

"Aferin," dedi Lester. "Şimdi. Kimse tamamen kuma gömülmez. O sadece Hollywood filmlerinde olur. Kollarını dışarıda tuttuğun sürece sadece koltukaltlarına kadar batarsın. Asıl tehlike başka. Birazdan gelgit başlayacak. Buradan hemen çıkmazsak boğuluruz!"

Dan haydutların gözlerinin korkuyla irileştiğini gördü.

"Sen," dedi Lester. Kumlara ilk düşen haydudu işaret etti. "Adın ne?"

"Anton."

"Pekâlâ, Anton. Ayaklarını ve bacaklarını oynatmaya başla. SAKIN PANİKLEME! Küçük hareketler yap. Ayaklarını kurtarmaya çalışma. Vücudunu mümkün olduğunca yatay duruma getir."

Bunu duyan Hugo da hemen hareket etmeye başladı.

"HAYIR!" dedi Lester. "Aynı anda olmaz. Kumları karıştırırsak daha hızlı batarız. Anton, sen devam et."

"Boş versene!" diye bağırdı Hugo. Dan onun ayaklarıyla ne yaptığını göremiyordu. Ama belli ki, debeleniyordu, çünkü tıpkı Lester'ın tahmin ettiği gibi daha hızlı batmaya başladılar.

"DUR!" diye bağırdı Anton. "Duymuyor musun? Önce ben!" Geri çekilip arkadaşının burnuna yumruğunu indirdi. İkinci kez burnuna darbe alan Hugo acıyla uludu.

Dan yanlarına yaklaşıp çömeldi. "Lester, biz ne yapalım?"

"Bizi çekecek bir tahta parçası ya da onun gibi bir şey bulmaya çalışın," dedi Lester. "Sözümü dinlerlerse ona ihtiyacımız olmaz. Ama her ihtimale karşı..." Beline kadar kumlara gömülmüştü. Bu haldeyken bile Dan'e neşeyle göz kırptı.

Dan, Amy'yle Nellie'ye baktı. "Siz gidin. Ben buradayım. Acele edin!"

Amy'yle Nellie fırladı.

"DİKKAT EDİN!" diye seslendi Dan arkalarından.

Kabra'lar hâlâ sahilde bir yerdeydi.

ON YEDİNCİ BÖLÜM

Hugo nihayet debelenmeyi bıraktığı ve Anton, Lester'ın söylediği şekilde hareket ettiği için, Dan onun kumlara yattığını gördü. Dalgalar boynuyla çenesini yalıyordu.

"Güzel," dedi Lester, tenis dersi verir gibi rahat bir tavırla. "Şimdi sırtüstü yüzer gibi yap. Kollarını ve bacaklarını hareket ettir."

Dan, Anton'un vücudunun kumların arasından çıkışını şaşkınlıkla izledi.

"İlk fırsatta yuvarlan," dedi Lester.

Anton kuru kumlara doğru yuvarlandı. Elleriyle dizlerinin üzerine kalktığında nefes nefeseydi. Kocaman bir köpeğe benziyordu. Dan az kalsın gülecekti.

"Sıra sende," dedi Lester, Hugo'ya. "Ayaklarını ve bacaklarını oynatmaya başla."

Hugo ona aldırmadı. "Gel, çıkar beni!" diye bağırdı Anton'a.

"Emiş gücü çok kuvvetli," dedi Lester. "Anton seni dışarı çekemez. Oradan kurtulmak istiyorsan, onun yaptığını yapacaksın."

"Boşuna inat ediyorsun," dedi Anton.

"ELİNİ UZAT!" diye gürledi Hugo.

Anton omzunu silkti. Karnının üzerine yatıp elini uzattı. Hugo ona yapıştı ve Anton arkadaşını çekmeye başladı. Hugo çamurun içinde debeleniyordu.

"DURUN!" diye bağırdı Lester. "Kumları karıştırıyorsunuz!"

Hugo dışarı çıkacağı yerde, çamura daha da gömülmüştü.

"BIRAK ELİMİ!" diye bağırdı Anton. "Beni de içeri çekiyorsun!"

Hugo iki eliyle birden Anton'un koluna yapıştı. Anton diğer elini yumruk yaptı. "Bırak elimi, yoksa burnunu kırarım!" diye tehdit etti.

Kumlar hızla yer değiştiriyordu. Canlı bir yaratık gibi kayıp dalgalanıyorlardı. Hugo'yla Anton koltukaltlarına kadar batağa saplanmıştı. Hugo, Lester'dan daha uzun boyluydu. Dalgalar çenesini yalıyordu. Ama Lester'ın ağzına giriyorlardı.

O sırada, büyük bir dalga onlara çarptı. Lester tam vaktinde nefesini tuttu. Ama Hugo su yutarak öksürmeye başladı.

"Tamam, dediğiniz gibi olsun," diye homurdandı. Lester'a ateş püsküren gözlerle bakıp Anton'a döndü. "Tut şunu da, yoluma çıkmasın."

Anton, Lester'ın kollarını yakaladı. Dan bunun gereksiz olduğunu görebiliyordu. Lester'ın kimsenin yoluna çıkacak hali yoktu.

"Devam et," dedi Lester. "Arkana yaslan ve ayaklarını oynat." Bir dalga daha üzerlerinden geçerken nefesini tuttu.

Hugo, Anton'dan daha derine batmıştı. Onun için vücudunu uygun pozisyona getirmesi daha uzun sürdü. Lester dalgaların arasında aldığı kısa nefeslerle yetinmek zorundaydı.

"Lester!" diye bağırdı Dan. "Bırak onu! Kendini kurtar!"

Omzunun üzerinden baktı. Kızlar nerede kalmıştı?

Hugo nihayet yuvarlanarak kumların arasından çıkmayı başardı.

"Gidelim buradan," dedi Anton.

"Durun!" diye bağırdı Dan. "Onu orada mı bırakacaksınız? Size o kadar yardım ettikten sonra?"

Hugo omuz silkti. "Ne yapabiliriz ki? Kendisi söyledi. Kimse kimseyi çıkaramaz."

Anton başını salladı. "Evet, öyle dedi."

Ve Dan'i tamamen kumlara batan Lester'la baş başa bırakıp gittiler.

Dan telaşla etrafına bakındı. Amy de, Nellie de ortada yoktu. Lester sırtüstü uzanmıştı. Herhalde ayaklarını oynatmaya çalışıyordu. Aslında kendini kurtarabilirdi. Ama üzerinden geçen dalgalar işini zorlaştırıyordu. *Yeterince zamanı olduğunu sandı. Dalgaların bu kadar yükselebileceği aklına gelmedi.*

Bir dalga daha geldi ve Dan, Lester'ın artık nefes alamadığını fark etti. Tamamen suya gömülmüştü.

Şnorkel tüpü gibi bir şey bulsam, diye düşündü Dan. En azından onunla ağzından nefes alıp zaman kazanabilirdi.

Çılgınca ceplerini karıştırdı. Ama hiçbir şey bulamadı.

Su giderek derinleşiyordu.

Lester hâlâ sırtüstü yatıyordu. Ayaklarını yüzeye çıkarmak için debelenip duruyordu. Ama nefes alamadığı için yüzü morarmaya başlamış, gözleri yuvalarından uğramıştı.

Dan kendini ilk kez bu kadar çaresiz hissediyordu. Lester'ı kollarından tutup çekmeye çalışsa durumu daha da zorlaştırabilirdi. Gidip yardım çağırsa, zamanında yetişebilir miydi?

Hayır, onu yalnız bırakamam. Ona sadece ben yardım edebilirim.

Birden aklına bir fikir geldi.

Dan suyun içinde elleri ve dizleri üzerine çöktü. Çukurun kenarlarını ayırt etmek zorlaşmıştı. Altındaki kumların kaymayacağına güvenmekten başka çaresi yoktu.

Derin bir nefes alıp yanaklarını şişirdi. Lester'ın onu görmesi için suya doğru eğildi.

Lester başını salladı. Dan'in ne yapmaya çalıştığını anlamıştı.

Dan yüzünü suya daldırdı. Lester'ın ağzını buldu

ve bütün havayı ciğerlerine üfledi. Başını kaldırdığında yüzünden akan suları sildi.

İşe yaramıştı. Lester dalgaların arasında gülümsüyordu.

"Yaşasın!" dedi Dam yumruğunu havaya kaldırarak. Ona birkaç nefes daha verebilirse, Lester kendini kumlardan kurtarabilirdi. Dan yine derin bir nefes alıp başını suya daldırdı.

Bu kez Lester ona bakıp başparmaklarını havaya dikti. Lester'ın vücudunun alt kısmını hâlâ göremiyordu. Ama deminkine göre daha iyi durumda olduğu kesindi.

Dan bir kez daha ciğerlerini havayla doldurdu. Eğilip kafasını suya sokmaya hazırlandı.

O sırada, büyük bir dalga ona çarptı ve Dan tepetaklak kumsala doğru yuvarlandı.

Dan ayağa kalkmaya çalışırken, bir dalga daha yedi. Nihayet doğrulup çılgınca etrafına bakındı.

Lester nerede?

Çukurun olduğu yer tamamen sular altında kalmıştı. Dan dalganın onu ne tarafa attığını bilmiyordu. Ne kadar sürüklendiği hakkında da bir fikri yoktu.

Lester!

Dört dakika, dedi içinden. Vücudun oksijensiz kalabileceği en uzun süre buydu. Sonra beyinde hasar başlıyordu. Lester'ı dört dakika içinde bulmak zorundaydı.

"DAN!"

Amy kısa bir tahta parçasıyla ona doğru koşuyordu.

"Amy!" Dan suları sıçratarak ablasının yanına gitti. Tahtayı aldı.

"Lester..."

"Bilmiyorum!" dedi Dan. "Buradaydı. Sonra bir dalga geldi. Kumlara gömüldü. Onu bulmalıyız!"

Amy daha fazla soru sormadı. "Gidelim!" dedi. "Sen sağa bak, ben sola."

Yağmur durmuştu. Bulutlar dağılıyordu. Gökyüzü alacakaranlığın morlu, turunculu nefis renklerine boyanmıştı. Dalgaların arasında koştular. Dan çılgınca Lester'ı ararken tahta parçasıyla ne yapacağı konusunda hiçbir fikrinin olmadığını fark etti. Lester baygınsa ve kendi çabalarıyla çukurdan çıkamadıysa, onu dışarı çekmeleri gerekecekti. İyi de ya bunu başaramazlarsa?

Dan kötü düşünceleri aklından uzaklaştırmaya çalıştı.

Aradan kaç dakika geçmişti? Bir? İki? Su dizlerini geçmişti. Çukur ne kadar derindi acaba? Ve neredeydi?

Lester elini sudan çıkarsa en azından yerini anlarlardı.

Dan birden karnına yumruk yemiş gibi inledi.

Lester baygın olmasa bunu akıl ederdi.

Demek ki, kolunu kaldıramayacak kadar kötü durumda!

ON SEKİZİNCİ BÖLÜM

Dan'in şok geçiren insanların neler yaşadığıyla ilgili kulaktan dolma bilgileri vardı. Dilin tutuluyor ve nefesin kesiliyordu.

Ama bu başkaydı. Dan kesik kesik soluyor ve yaprak gibi titriyordu. Soğuk terler dökmeye başlamıştı. İçi üşüyordu. Ambulanstaki görevlinin Amy'yle Nellie'ye, "Şokta," dediğini duymuştu. "Merak etmeyin, onunla ilgileneceğiz."

Amy'nin onu bırakıp yardım çağırmaya gittiğini hatırlıyordu. Sonra geri dönmüş ve sirenlerin çığlığını duymuştu. Polis arabaları, ambulans, arama kurtarma araçları... hepsi kumsala doluşmuştu. Ama Dan için bunların hiçbirinin önemi yoktu.

Bir tek kişiyi merak ediyordu.

Lester.

Dan'i sudan sürükleyerek çıkarmak zorunda kalmışlardı. Onlara iyi olduğunu anlatmaya çalışmıştı. Asıl Lester tehlikedeydi.

Sonunda Lester'ı çukurdan çıkarmışlardı. Dan o zaman hâlâ kendindeydi. Sağlık görevlileri onu hayata döndürmek için uğraşırken, Dan yanlarında beklemişti. Bir polis memuru onu sorgulamak istediğinde, Lester'ın başından ayrılmamak için ayak diremişti. Memura olan biteni orada anlatmıştı. Anton'la Hugo'nun onları kovaladığını, Lester'ın okyanusa doğru kaçtığını. Sonra iki haydudun kurtulmasına yardım ettiğini. Polis ona nazik davranıp fazla soru sormamıştı. Dan de iki haydudun Lester'ın peşine neden takıldığını açıklamamıştı.

Sonunda Lester'ı bir sedyeye yatırmışlardı. Dan o zaman bile kendindeydi. Ama sağlık görevlilerinden biri ambulansın kapılarını kapatırken polis memuruna bakıp başını iki yana salladığında olanlar olmuştu. Dan artık emindi. Lester için hiç umut kalmamıştı.

İşte o zaman şoka girmişti. Amy yanındaydı. Yere yığılırken onu yakalamıştı. Bir sağlık görevlisi onu sedyeye yatırıp üzerini battaniyelerle örtmüştü. Ama

Dan iliklerine kadar titriyor, dişleri takırdıyordu. Bir daha hiç ısınamayacakmış gibi üşüyordu.

Dan geceyi hastanede geçirecekti. Ara sıra bir hemşire onu kontrole geliyordu. Ama Amy o kadar iyi bir hasta bakıcıydı ki, fazla bir şey yapmasına gerek kalmıyordu.

Amy saatlerdir Dan'in başından ayrılmamıştı. Sağlık görevlileri çocukların ambulansa binemeyeceğini söylediğinde, onlara öyle bir kafa tutmuştu ki, Nellie bile şaşırmıştı.

"Dan'in buradaki tek akrabası benim ve bu hanım da bizim vasimiz," demişti Nellie'yi işaret ederek. "O benim ambulansa binmeme izin veriyor." Sonra da, cevap beklemeden araca binip Dan'in yanına oturmuştu.

Dan şoka girdiğinden beri tek kelime etmiyordu. Amy'ye sadece bir kere bakmıştı. O kadar şaşkın ve üzgün görünüyordu ki, Amy'nin gözleri dolmuştu. Dan nihayet uyuduğunda, Nellie onu odanın köşesindeki koltuğa oturtup biraz kestirmesini söylemişti. Kendi de Bayan Alice'le konuşmaya gitmişti.

Zavallı Bayan Alice... Amy onu düşünmeye bile dayanamıyordu. Kadıncağız çok yaşlıydı. Bu acıya yüreği dayanır mıydı?

Amy bir saat sonra uyandığında, daha ayılmadan Dan'in yanına koştu. Nellie yatağın başucunda duruyordu.

Dan onların varlığını hissetmiş gibi kıpırdandı. Amy onun doğrulmasını bekleyip eline bir bardak su tutuşturdu.

Nellie, Bayan Alice'in yeğeninin Montego Bay'den yola çıktığını haber verdi. Bayan Alice acı haberi metanetle karşılamıştı.

"O güçlü bir kadın," dedi Nellie hayranlıkla.

Amy birden irkildi. "Kutu nerede?" Onu en son ne zaman düşündüğünü bile hatırlamıyordu. "Kumsalda ayrıldık," diye açıkladı Dan'e. "Kutu Nellie'deydi."

"Merak etme, güvende," dedi Nellie. Amy'nin sorusunu geçiştirmek ister gibi, gözlerini kaçırdı.

Amy kaşlarını çattı. "Kutu nerede?"

"Güvende dedim ya?"

"Yerini neden söylemiyorsun?"

"Bana bir kerecik güvenemez misin?"

"Yeter! Kesin tartışmayı!" diye bağırdı Dan. İki kız

da şaşırarak ona baktı. Amy kardeşinin öfkeyle çarşafa yapıştığını gördü. "Aptal kutunuz umurumda bile değil!" dedi Dan çatlak bir sesle. "Lester öldü. Hem de o kutu yüzünden! Şimdi burada olsaydı üzerinde tepinirdim!"

Yanaklarından yaşlar süzüldü. "Lester'ı geri getireceğini bilsem, bütün ipuçlarından vazgeçerdim. Para pul, hiçbiri önemli değil!"

Amy kardeşini ilk kez bu kadar üzgün görüyordu. Yatakta yanına oturdu. Yumruklarından birini zorla açıp elini tuttu.

Odada Dan'in hıçkırıklarından başka ses çıkmıyordu. Amy kardeşinin gözyaşlarının dinmesini bekledi. Sonra ona başucunda duran kâğıt mendil kutusunu uzattı. Bir an kardeşinin burnunu silmeyi bile düşündü, ama Dan'in bundan hoşlanmayacağını bildiği için yapmadı.

Dan gözlerini sildi ve gürültüyle sümkürdü.

Nellie dayanamayıp kıkırdadı. Ama sonra hemen kendini topladı ve öksürüyormuş gibi yaptı.

Dan tekrar sümkürdü. Bu kez daha da komik bir ses çıktı. Kazların çıkardığı seslere benziyordu.

Nellie kahkaha attı. Amy tam onu ayıplarken kendisinin de güldüğünü fark etti. Dan bir an onlara şaşkınlıkla baktı. Sonra o da gülmeye başladı.

Neden güldüklerini bilmiyorlardı. Ama kendilerine hâkim olamıyorlardı. Biri biraz yatışır gibi olduğunda diğeriyle göz göze geliyor ve tekrar gülme krizine giriyordu. Dan yaşaran gözlerini silip tekrar sümkürdü. Bu sefer de boğazlanan bir kaz gibi ses çıkardı. Amy eliyle ağzını kapatırken, Nellie gürültü yapmamak için suratına bir yastık bastırmak zorunda kaldı.

Sonunda kahkahaları kıkırdamalara dönüştü. Nihayet sessizlik olduğunda Amy'nin gülmekten karnı ağrıyordu.

Az sonra, hemşire geldi. Dan'in sürahisini doldurup yastıklarını kabarttı. "Artık gitmeniz gerek," dedi.

"Teşekkürler," diye mırıldandı Amy. Hemşire onların ziyaret saatini geçirmesine göz yummuştu. Nellie'yle ikisi Dan'in bir geceliğine hastanede kalmasının güvenli olacağına karar vermişti zaten. Yaşananlardan sonra Kabra'ların bir süre ortaya çıkmayacağı kesindi. Kızlar otele dönecek ve sabah Dan'i almaya gelecekti.

Vedalaştılar. Amy kapıdan dönüp tekrar kardeşinin yanına gitti.

Dan'in gözleri kapanıyordu. Amy eğilip onun alnına bir öpücük kondurdu.

Kardeşini öpmeyeli çok oluyordu. Dan ona karşılık vermedi. Ama battaniyenin altında iyice mayışmasına bakılırsa, ablasının ilgisinden memnundu.

ON DOKUZUNCU BÖLÜM

"Irina başkaydı."

Dan'in arabanın arka koltuğundan gelen sesi güçlükle duyuluyordu.

Sabah Dan'i son kez muayene eden doktor fiziksel açıdan turp gibi olduğunu söylemişti. Gece verdikleri sakinleştirici yüzünden gün içinde biraz uykulu olabilirdi hepsi o. "İyice dinlen, uykuna ve beslenmene dikkat et," demişti. "Bol bol da güneş ışığı al."

Hayır, diye düşündü Amy. *Dan bu şekilde iyileşemez. Lester'ı geri getiremediğimiz sürece kendini toparlaması için zamana ihtiyacı olacak.*

Kardeşinin bitkin yüzüne baktı. Irina'yla ilgili ne demek istediğini biliyordu.

Irina, İpucu Avı'na katılmayı kendi seçmişti. Olası tehlikelerin farkındaydı ve bu riski almaya karar vermişti. Hayatının son dakikalarında İpucu Avı yüzünden öldüğünü biliyordu.

Gelgelelim, Lester'ın hiçbir şeyden haberi yoktu.

"Haksızlık bu," dedi Dan. "Sadece yardım etmeye çalışıyordu." Kapalı gözkapaklarının ardından yaşlar süzüldü. "Ona hiç şans tanımadık."

Amy de ağlıyordu. Hafifçe öksürdü. "Ne demek istiyorsun?"

Dan gözlerini açtı. "Ona söylemeliydik. Bize yardım etmesinin tehlikeli olduğunu bilmeliydi. Ona seçme hakkı tanımadık."

Tişörtüyle gözlerini sildi. "Biz Madrigal'larız. Farklı olacağımızı düşünmek hataydı. Diğerlerinden hiçbir farkımız yok. Lester bizim yüzümüzden öldü."

"Ona tuzak kurmuşuz gibi konuşma. Ya da onu bile bile ölüme göndermişiz gibi."

Dan başını iki yana salladı. "Ne önemi var? İstesek de istemesek de Lester öldü."

Amy'nin yüreği burkuldu. Dan'in gözlerindeki acı kederini beşe, hatta ona katlıyordu.

Buna daha fazla dayanamayacaktı.

Amy boğazına oturan yumruya rağmen konuşmayı başardı. "Sen de benim düşündüğümü mü düşünüyorsun?" diye fısıldadı.

Dan başını salladı. "Evet."

Amy bir an bile duraksamadı. "Tamam."

"Tamam," dedi Dan de.

Daha fazla konuşmalarına gerek kalmadı.

"Havaalanı."

Nellie frene bastı. Neyse ki, daha otoparktan çıkmamışlardı.

"Havaalanı mı? Neden?"

Amy camdan dışarı bakıyordu. "Eve dönüyoruz," dedi ağlamaktan kısılan sesiyle. "Beatrice teyzenin yanına."

"NE?"

"Tek yolu bu," dedi Dan. "Biz Madrigal'larız. Madrigal'lar insanlara acı çektirir. Onları öldürür ya da ölümlerine sebep olurlar. Birilerine daha zarar vermeden bu Av'dan çekilmeliyiz."

Birkaç dakika kimse konuşmadı.

"Emin misiniz?" diye sordu Nellie.

"Evet," dediler kararlılıkla.

Nellie gaza basıp otoparktan çıktı.

Dan camdan dışarıyı izliyordu. *Jamaika'yı son görüşüm... bir daha buraya asla dönmeyeceğim.*

Sonra aklına bir fikir geldi.

Bayan Alice'i ziyaret etmeliyiz. Tam bunu söyleyecekti ki, havaalanı sapağının yanından hızla geçtiler.

"Hey, sapağı kaçırdın," dedi Nellie'ye. "Ama boşver. Gitmeden önce Bayan Alice'i son bir kez görsek mi diye düşündüm."

Amy ona üzüntüyle baktı. "Haklısın."

"Öyleyse İspanyol Kasabası'na gidiyoruz," dedi Dan. Bir yandan da, Bayan Alice'e söyleyeceklerini düşünüyordu.

Nellie cevap vermedi.

"Nellie?" dedi Amy. "Bayan Alice'i görmek istiyoruz. Anladın değil mi?"

Nellie kafasına taktığı güneş gözlüğünü burnunun ucuna indirdi. "Evet," dedi. "Hadi, arkanıza yaslanın ve biraz dinlenin. İkiniz de yoruldunuz."

"Ama doğru yolda değiliz," dedi Dan. "İspanyol

Kasabası bu tarafta." Başparmağıyla ters yönü işaret etti.

Nellie oralı olmadan arabayı sürmeye devam etti. Dan önce şaşırdı, ama sonra endişelenmeye başladı.

"Lester'ın kutusu nerede?" diye sordu birden.

"Söyledim ya? Güvende."

Nellie dikiz aynasından ona hafifçe gülümsedi.

"Merak etme," dedi. "Doktorun uyarısını unutma. Kendini yormamalısın."

"Kutunun yerini söylersen daha iyi hissedeceğim."

Nellie çenesini sıktı. "Bu kadar gevezelik yeter. Gittiğimiz yere vardığımızda her şeyi anlayacaksınız."

"Nereye gidiyoruz?" diye bağırdı Dan. "Bizi nereye götürüyorsun?"

Nellie cevap vermedi.

Amy de paniklemiş olmalıydı ki, kapının koluna yapıştı.

"Durdur arabayı," dedi. "İnmek istiyorum. Neler çevirdiğini anlatmadan hiçbir yere gitmiyorum."

"Kusura bakmayın, ama ekspres seferdesiniz," dedi Nellie. "Son durağa kadar durmak yok."

Son durak. Dan elinde olmadan titredi.

Amy kapı koluna asıldı. Ama çocuk kilidi devredeydi.

"Kendi güvenliğiniz için," dedi Nellie.

Dan çılgın bir an için direksiyonu kırmayı ya da elleriyle Nellie'nin gözlerini kapatmayı düşündü. Onu durdurmak zorundaydılar. Ama yolda başka arabalar vardı. Kimseyi tehlikeye atamazlardı.

Dan'in kalbi o kadar hızlı çarpıyordu ki, nabzı kulaklarında uğulduyordu. Konuşmaya çalıştı, ama dili tutulmuştu. Tek yapabildiği şaşkınlıkla Nellie'nin kafasının arkasına bakmaktı.

Bunca zamandır zayıf bir anımızı kolluyormuş.

Şimdi o ânı yakaladı ve bizi bitirecek.

Nellie az sonra sağa çekip birini aradı.

"Yoldayım," dedi. "Hayır, işe yaramadı. Ama yanımdalar. B planını uygulayacağız."

Söyledikleri yeterince ürkütücüydü, ama Amy'yi en çok Nellie'nin soğukkanlılığı korkuttu. Sesi bir robotunki gibi duygusuzdu. Suratı taştan oyulmuş bir heykelden farksızdı.

Kaçırılıyoruz. Bizi kaçırıyor.

Amy B planının ne olduğunu bile sormadı. Nellie'den cevap alamayacağını biliyordu. Titreyen parmaklarıyla emniyet kemerini açtı ve arka koltuğa geçti. Dan'in yanında olmalıydı.

Nellie'nin ihaneti artık kesinleşmişti. Amy belki de öfkeden kudurmalıydı. Ama tuhaf bir şekilde tek hissettiği bezginlikti.

Çok yorgunum, diye düşündü. *Kızamayacak kadar yorgunum*. Karanlık bir odada, dizlerini karnına çekip uyumak istiyordu. Belki bir on yıl kadar.

Yüzünü cama dönüp gözlerini kapadı. Kirpikleri gözyaşlarıyla ıslandı.

Bir buçuk saat kadar hiç konuşmadan yol aldılar. Nellie otobandan çıkıp bir dağ patikasına saptı. Arada tek tük evlere rastlıyorlardı. Bazen de kulübeden bozma birkaç küçük evden oluşan köylere. Her dönemeçte yol daralıp dikleşiyordu. Sonunda karşılarına bir hendeğin üzerine kurulu demir bir köprü çıktı.

Köprü yolunun kenarında bir tabela vardı:

MOORE TOWN.

Nellie köprüden geçti ve diğer tarafta arabayı durdurdu. Kilitleri açtı.

"Şimdi inebilirsiniz," dedi aynı duygusuz sesle. "Ama kaçmayı aklınızdan bile geçirmeyin."

İkimizi birden durduramaz, diye düşündü Amy. *Belki ben onu oyalarken Dan kaçabilir...*

Amy arabadan inip etrafına bakındı. Moore Town daha önce gördüğü kasabalara benzemiyordu. Dağlara doğru tırmanan patikanın iki yanındaki evler birbirlerinin üzerine yığılmış gibi görünüyordu. Bazıları mavi, pembe ve civciv sarısı gibi tropik renklere boyanmıştı. Zamanla solmuşlardı, ama neşelerinden bir şey kaybetmemişlerdi. Gri mavi bir sis bulutu arkadaki dağları perdeliyordu.

Dan arabanın önünden dolaşıp ablasının yanına geldi. "Şimdi ne olacak?" diye sordu endişeyle.

"Bu size bağlı."

Ses arkalarından gelmişti. Yumuşak ve kısıktı. Amy arkasını dönerken Dan'in elini tuttu. Kiminle karşılaşacaklarını iyi biliyordu.

Siyahlı Adam.

Ama bugün griler giymişti.

Amy donup kaldı. Adamın elinde bir bohça vardı.

Kutu.

Nellie onu Siyahlı Adam'a vermişti.

YİRMİNCİ BÖLÜM

"HAYIRRRRR!"

Dan, Amy'nin elinden kurtulup adama doğru atıldı. Lester'ın kutusunu düşmanın elinde görmek onu çıldırtmıştı.

Siyahlı Adam yaşından beklenmeyecek kadar çevikti. Yana sıçrarken Dan'e çelme taktı. Dan kendini yerde buldu.

Amy kardeşinin yanına koştu.

Dan kendini kaybetmiş gibiydi. "Onları alt edebiliriz. Sen Nellie'yi hallet. Diğerini bana bırak."

"Hadi ama," dedi Grili Adam. "Sonra da kaçacak mısınız? Tam olarak nereye, sorabilir miyim acaba?"

Amy adamın haklı olduğunu fark etti. Burayı sebepsiz yere seçmemişti. En yakın yerleşim yeriyle aralarında kilometreler vardı. Dan de bu halde fazla uzaklaşamazdı.

"Önce beni dinlemeye ne dersiniz?" diye sordu adam. "Rahatça konuşabileceğimiz bir yere gidelim mi?"

"Avusturya'da bizi öldürmeye çalıştın!" diye bağırdı Dan. "Bizim katillerle konuşacak bir şeyimiz yok!"

Adam şaşkınlıkla kaşlarını kaldırdı. "Beni yanlış anladınız! Bütün gerçekleri bilmediğiniz için haklısınız. Korkarım benimle konuşmanız konusunda ısrar etmek zorundayım. Şu anda yalnızım, ama mecbur kalırsam yardım çağıracağım." Cep telefonunu gösterdi. "Meslektaşlarım size benim kadar nazik davranmayabilir."

Daha açık bir tehdit savuramazdı.

Market ve bar olarak hizmet veren bir dükkânın yan tarafındaki tentenin altına oturdular. Nellie kutuyu arabaya kilitledi. Sonra yanlarına gelmek yerine, yolun kenarında durdu.

Amy'yle Dan düşmanlarının karşısına geçti.

"Moore Town'u daha önce duymuş muydunuz?" diye sordu adam.

Amy gerekmedikçe onunla konuşmamaya kararlıydı. İki kardeş de cevap vermedi. Adam da laf olsun diye sormuştu belli ki. Sessizliklerine aldırmadan konuşmaya devam etti.

"Windward Maroon'larının ilk yerleşkelerinden biriydi," dedi. "Bir diğeri de, Nanny Town'dı. Mükemmel Adaletli Nanny'nin adını taşıyordu."

Amy titredi. Demek Nanny'yi araştırdıklarını da biliyordu. *Tabii ki biliyor. Çünkü Nellie her yaptığımızı ona yetiştiriyor.*

Nellie onun casusu.

"Orası Nanny'nin hem evi hem de mücadelesini sürdürdüğü yerdi," diye devam etti adam. "Keşke sizinle Nanny Town'da buluşabilseydik. Ama yıllardır terk edilmiş vaziyette."

İçkisinden bir yudum aldı. "Geçtiğiniz köprü bu kasabaya gelmenin tek yolu. Maroon'lar akıllıydı. Bütün yerleşim bölgelerinin bir tek girişi vardı. Böylece onları korumaları daha kolay oluyordu. Birkaç Maroon kalabalık İngiliz birliklerini kasabadan uzak tutabiliyordu. Nanny Town'ın da benzer bir savunma sistemi vardı. Nehre bakan bir kaya çıkıntısına kurulmuştu."

Amy, Nellie'ye göz attı. Onlara sırtını dönmüştü. Köprüyü gözlüyordu.

Adam, Amy'nin bakışlarını takip etti. "Doğru tahmin ettin," dedi. "Nellie nöbet tutuyor. Ona görünmeden kimse kasabaya giremez, çünkü tek yol bu."

"Bir katilden coğrafya dersi almaya ihtiyacımız yok," diye tersledi Dan onu.

İçinde bulundukları durumun tek olumlu yanı buydu. Dan sinirden kendisi gibi davranmaya başlamıştı.

Adam başını yana eğdi. "Sabırsızlığını anlıyorum."

Ellerini önündeki masaya koyup parmaklarını kenetledi.

"Öncelikle sizinle Madrigal'lar adına konuşuyorum."

Amy masanın altından Dan'i dürttü. Kardeşinin öfkesinin tırmandığını hissedebiliyordu. *Sakin ol*, demeye çalışıyordu. *Odaklan. Kutuyu alıp buradan gitmenin bir yolunu bulmalıyız.*

"Madrigal'lar sizi ilgiyle takip ediyor," dedi adam. "Yeteneklerinizden fazlasıyla etkilendiler. Beni size verdikleri görevde nasıl bir performans sergileyeceğinizi gözlemlemem için görevlendirdiler."

"Onlar için parmağımızı bile oynatmayız!" diye patladı Amy.

Adam omzunu silkti. "Siz bilirsiniz. Ama işbirliği yapmamanızın sonuçlarını sizlerle paylaşmak zorundayım. Fazla detaya girmeyeceğim. Şunu bilin yeter. Yol arkadaşınız elimizde."

"Yol arkadaşımız..." Amy birden sustu.

Saladin! Gece o kadar yorgundu ki, kedinin otel odasında olmadığını fark etmemişti.

"Bırakın onu," dedi Dan öfkeyle.

"O-ona ne yaptınız?" diye sordu Amy titrek bir sesle. Zavallı, masum bir kediyi bile çıkarlarına alet eden bu insanlar kimdi?

"Hiç," dedi adam. "Rahatı yerinde. Siz işbirliği yaptığınız sürece öyle olacak. Aslında isteğimiz çok basit. Kutuyu açacaksınız."

"Bir konuda bize söz vermelisiniz," dedi Dan. Amy onun öfkesini güçlükle bastırdığını fark etti.

"Pazarlık edecek konumda değilsiniz."

"İşte onda yanılıyorsunuz. Sonuçta bize ihtiyacınız var."

Adam cevap vermedi.

Dan devam etti. "Küçük, değerli sırrınızı ele geçirdiğinizde kutuyu ve Saladin'i geri alacağız."

Adam omuz silkti. "Bunu ayarlayabileceğimizi düşünüyorum."

"Söz verin," dedi Dan ısrarla. "Gerçi sizin gibi bir adamın sözü ne kadar değerli, orası tartışılır!"

Adam suratını buruşturdu. Sonra elini kaldırdı.

"Söz," dedi başını eğerek. Tekrar Dan'e baktığında Amy şaşırdı. Adamın gözlerinde saygı vardı. Hatta gurur. Ama sonra hemen kayboldu ve Amy *doğru mu gördüm,* diye düşünmeden edemedi.

"Konuşmamız bittiyse bir an önce işe koyulalım," dedi soğuk bir tavırla.

"Bayan Gomez?"

Nellie nöbet yerini terk edip onlara doğru seğirtti.

Fino köpeği, diye düşündü Amy öfkeyle.

Ama kızgınlığının ötesinde, Nellie'nin ihaneti onu hâlâ derinden yaralıyordu.

"Kutuyu getirin, lütfen," dedi adam. "Sonra siz ve ben işlerini yapabilmeleri için iki kardeşi yalnız bırakacağız."

Nellie kaşlarını çattı. "Ne?"

"Beni duydunuz."

"Hayır! Anlaşmamız böyle değildi. Onlara yardım edebileceğimizi söylemiştiniz!"

Amy'nin yüreği hop etti. Yoksa Nellie üçlü mü oynuyordu? Ama tekrar hayal kırıklığına uğramamak için bu düşünceyi hemen aklından çıkardı.

"Bizim istediğimiz gibi olacak, Bayan Gomez."

Nellie gözlerini kıstı. "Öyle mi?" Arabaya koşup kapıyı açtı ve anahtarı salladı.

"Onlara yardım etmeme izin vermezseniz, kutuyu da alıp giderim."

Adam oralı olmadı. "Bizden ne kadar kaçabileceğinizi sanıyorsunuz?"

"Kutuyu Kabra'lara verecek kadar."

Adam bir an endişelenir gibi oldu, ama sonra hemen kendini topladı. "Pişman olacağınız bir şey yapmadan önce iyi düşünün, Bayan Gomez."

"Ciddiyim!" diye bağırdı Nellie. "İstersen dene!"

Adam ellerini kaldırdı. "Sakin olun, lütfen." Omzunu silkti. "Bu kadar istiyorsanız yanlarında kalabilirsiniz."

"Doğru karar," diye mırıldandı Nellie ve masaya geri döndü.

Amy ona baktı.

Neler oluyor?

Öyle ya da böyle, yakında bunu öğreneceklerdi.

Nellie hızmasını ve Bayan Alice'in yılanını çıkardı. Amy ejder kolyesiyle kurt dişini önüne koydu. Dan ayı pençesini zincirinden çıkardı.

"Buna ihtiyacınız olacak," dedi adam ve onlara küçük bir pense verdi.

Nellie hızmanın ve Bayan Alice'in küpesinin ucunu çıkardı. Penseyi Dan'e verdi. Dan de ayı pençesinin ucundaki halkayı çıkardı.

Sıra Amy'ye geldiğinde ejderhalı madalyonu kolyeden çıkarmadan önce sadece bir an için duraksadı.

Adam bohçayı açıp kutuyu Nellie'ye verdi. Nellie yılanları yerlerine taktı.

Dan de ayı pençesiyle aynısını yaptı.

Amy dişi kutunun üçüncü yüzüne taktı. Sonra ejderhalı madalyonu eline aldı ve nefesini tuttu.

Ejderha boşluğa kolayca yerleşti.

Ama kutu açılmadı. Amy iç çekti. *Tabii açılmaz*, diye düşündü. *Sihirli değil ya?*

Normal bir kutu açar gibi kapağını kaldırmaya çalıştı.

Başaramadı.

"Bir de ben deneyeyim," diye atıldı Dan hevesle. Kutunun dört yüzünü de zorladı.

O da başaramadı.

Grili Adam iskemlesinin arkasına yaslanarak kollarını göğsünde kavuşturdu. Güneş gözlüğünü taktığı için Amy yüz ifadesini göremiyordu.

Nellie de şansını denedi. Amy onun hangi tarafta olduğunu düşünmeyi bir kenara bıraktı. Şimdilik Nellie'nin yardımına ihtiyaçları vardı.

Bir kez daha denediler. Amy yan yüzleri kaydırmaya çalıştı. Kapağı da kaldırmak yerine kaydırmaya uğraştı.

Hiçbir şey olmadı.

Grili Adam ayağa kalktı. "Gördüğüm kadarıyla, başarılı olamadınız," dedi. Kutuya uzandı.

Ama Dan kutuyu kaptığı gibi arkasına sakladı. Adama öyle bir baktı ki, Amy elinde olmadan titredi. Kardeşini ilk kez böyle görüyordu. Adam kutuyu Dan'den zorla almaya kalkışırsa olacakları düşünmek istemiyordu.

"Lütfen," dedi. "Bize biraz daha izin verin. Bütün sembolleri topladık. Geriye sadece onları nasıl kullanacağımızı bulmak kaldı."

Adam birkaç adım geriledi. Cep telefonunu çıkarıp birini aradı ve hızlı hızlı konuştu. Sonra onlara döndü.

"Saat on ikiyi beş geçiyor," dedi. "Tam bir saatiniz var. Biri beş geçeye kadar kutuyu açamazsanız, başaramamış sayılırsınız. Anlaşıldı mı?"

Amy başını salladı.

"Delikanlı?"

Dan hâlâ ona ateş püsküren gözlerle bakıyordu. İsteksizce başını salladı.

Adam saatine baktı. "Elli dokuz dakika sonra görüşürüz." Duraksadı. "Unutmayın, bütün yüzler aslında bir. Bizim başarılı olmamıza ihtiyacınız var."

Onları kutuyla baş başa bırakarak çekip gitti.

Kırk dakika sonra, Nellie çaresizlikle Amy'ye baktı. Amy dokunsalar ağlayacak haldeydi. Nellie'nin söyleyeceği hiçbir şey onu avutamazdı.

Denemedikleri yol kalmamıştı. Sembolleri çıkarıp sıralarını değiştirerek takmışlardı. Olmayınca, dördünü de aynı anda takmayı denemişlerdi. Kutunun çevresinde durup ikisi sembolleri takarken, diğer ikisi kutunun sağını solunu dürtmüştü.

Hiçbiri işe yaramamıştı.

Amy ağladığını belli etmemek için başını eğdi. Hâlâ kutuyu evirip çeviren Dan'in yüzünden terler akıyordu.

Nellie fazla düşünmekten kafasının patlayacağını sandı. Mutlaka bir yolu olmalıydı.

"Aklınızı çalıştırın!" dedi. "Bir şeyi unutuyoruz, ama ne? En baştan başlayalım. Bahamalar'dan."

Amy kafasını kaldırdı. "Ayı pençesi," dedi. "Onu Bahamalar'da bulduk."

Kutuyu yoklayan Dan de başını kaldırdı. "Sonra Jamaika'ya geldik ve Bayan Alice'in yılanını bulduk."

Kutudan başka bir şeye odaklanmak iyi gelmişti. "Sonra?" diye sordu Nellie.

"Babanı aradın," dedi Amy. "Ve..."

"MÜKEMMEL ADALETLİ NANNY!" diye bağırdı Dan. "Borunun içindeki altın şerit!"

Amy çantasını karıştırmaya başlamıştı bile. Özenle bir kâğıda sardığı, küçük, metal plakayı çıkardı.

Nellie onun kaşlarını çattığını gördü.

"Bunun kutuyla bir ilgisi olamaz," dedi Amy. "Bakın, bütün yüzlerinden daha uzun."

"Bir de çaprazlama bak," diye önerdi Dan.

"Yok, yine uzun."

"Belki kıvrılması gerekiyor," dedi Nellie.

"Ama nasıl?" diye sordu Amy.

Nellie hayal kırıklığıyla başını eğdi. Amy haklıydı. Şeridi kıvırmanın belki de milyonlarca yolu vardı ve zamanları giderek daralıyordu.

"Mutlaka bir yolu olmalı," diye söylendi Dan.

"Bakayım şuna," dedi Nellie. "Yani şeride."

Onu alıp dikkatle inceledi. Şu küçük harfler...

ektomaluja ektomaluja ektomaluja ektomaluja

"Neden iki tarafında da harfler var?" diye sordu. "Diğer parçalar gibi bir şekilde kutuya takılması gerekiyorsa bir doğru, bir de yanlış yüzü olmalı. Ama iki tarafı da aynı."

Dan'le Amy altın şeride doğru eğildi. Amy birden inledi. Tekrar çantasını karıştırdı ve not defterini çıkardı.

"Bunu bir ara düşündüm, sonra unuttum," dedi. "Bakın."

Onlara gizemli kelimeyi yazdığı sayfayı gösterdi:

EKTOMALUJA

EK- Ekaterina
TOMA- Tomas
LU- Lucian
JA- Janus

"Diğerlerinin ilk iki harfi varken Tomas'ın neden dört harfi olduğunu düşünmüştüm," dedi. "Çünkü T-O-M-A'nın hepsi Tomas'ın değil." Harfleri tekrar yazdı.

EK- Ekaterina
TO- Tomas
MA- MADRIGAL
LU- Lucian
JA- Janus

"Dahice!" diye bağırdı Dan.

Nellie gözlerini kapadı. "Giderken ne dedi hatırlıyor musunuz? *Bizim başarılı olmamıza ihtiyacınız var.* Madrigal'lardan söz ediyordu."

"Dört kol, her bir sembol kutunun bir yüzü için," dedi Amy. "Şifrenin ortasında Madrigal'lar var…"

Dan kaşlarını çattı. Nellie'ye baktı. "Demin bir şey söyledin. Neydi?"

"Siyahlı Adam'la mı ilgili? Yani grili?"

"Hayır, öncesinde."

Nellie bir an düşündü. "Ah, hatırladım. Neden iki tarafta da harfler var diyordum."

Dan gözlerini tek bir noktaya dikti. Nellie onun aklını çalıştırdığını görebiliyordu.

"İki tarafta da kabartma harfler var! Yani göremediğimiz bir yere uymak zorundalar. Şu şeridi verin."

Nellie, Dan'in şeridin iki ucunu birleştirdiğini gördü.

"Bakın, bu şekilde bir yere uyabilir."

Üçü de eğilip tekrar kutuyu inceledi.

"Bence yeri kutunun üzeri," dedi Amy heyecanla. "Yani ortaya gelecek."

Onu Dan buldu, halka şeklinde bir yarıktı. Şeridin içine kolayca sığabileceği genişlikteydi.

Ama bir terslik vardı. Şeridi içine sokmaya çalıştıklarında zorlandılar. Oraya yağ gibi girmesini bekliyorlardı, fakat olmadı.

Nellie öfkeyle homurdandı. Cep telefonundan saate baktı.

"Biri iki geçiyor," dedi telaşla. "Birazdan dönecek."

"Bir şey daha var," diye atıldı Amy. "Gitmeden

önce söylediği bir şey. Madrigal'ların başarılı olmasına ihtiyacımız olmasından başka."

"Şey dedi..." Dan gözlerini kıstı. "Bütün yüzler aslında bir dedi."

"Bütün yüzler bir," diye fısıldadı Amy. "Bütün yüzler bir..."

Hiçbiri konuşmadı.

Sonra Amy gülümsedi. Nellie bunun ışıltılı bir gülümseme olduğunu düşündü. Daha iyi tanımlayamazdı.

"Möbius şeridi," dedi.

"Möbleli ev kilidi mi?" diye sordu Dan.

"Hayır, möbius şeridi. Sadece tek yüzü olan geometrik bir şekil."

Altın şeridi alıp halka yaptı. Ama uçlarını birleştirmeden önce hafifçe burdu. Ortaya titrek, oval bir şekil çıktı.

"Bak," dedi Amy. "Kalemimin ucunu şuraya bastırıp şeridin ortasına doğru ilerlersem başladığım yere geri dönebilirim. Ve çizdiğim çizgi kalemimi kaldırmama gerek kalmadan iki tarafta da görünür. Yani tek bir yüzü var."

"Anlamadım," dedi Nellie.

"Sonra gösteririm. Kâğıtla daha kolay olur."

"Boş ver," dedi Dan sabırsızca. "Bak bakalım bu şekilde kutuya uyuyor mu?"

"Tamam, tamam," diye homurdandı Amy.

Nellie, Amy'nin artık acele etmediğini düşündü. Kendine güveni gelince sakinleşmişti.

Şeridi möbius şekline getirip yarığa takmaya çalıştı. Birkaç kere denedi.

Dördüncüde, şerit yerine oturdu.

Tık diye bir ses geldi ve kutu açıldı.

YİRMİ BİRİNCİ BÖLÜM

"Kapağı birlikte kaldıralım," dedi Amy gözleri parlayarak. "Hazır mısınız? Bir, iki, üç…"

Kutunun içindeki ipek astara bir balina deseni işlenmişti. İçinde rulo şeklinde küçük bir parşömen kâğıdı ve minik bir kese vardı.

Amy kâğıdı dikkatle açtı. Kenarları tırtık tırtık olmuş ve bir yeri yırtılmıştı. Mürekkebi solmasına rağmen yazılar okunaklıydı. Amy yüksek sesle okumaya başladı:

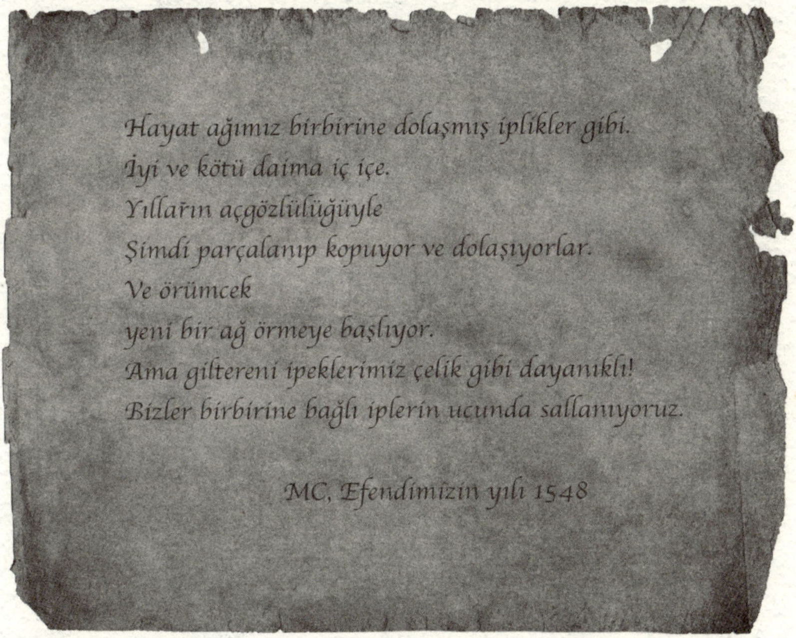

Hayat ağımız birbirine dolaşmış iplikler gibi.
İyi ve kötü daima iç içe.
Yılların açgözlülüğüyle
Şimdi parçalanıp kopuyor ve dolaşıyorlar.
Ve örümcek
yeni bir ağ örmeye başlıyor.
Ama gilteremi ipeklerimiz çelik gibi dayanıklı!
Bizler birbirine bağlı iplerin ucunda sallanıyoruz.

MC, Efendimizin yılı 1548

"Bir bakabilir miyim?" Dan kâğıdı Amy'nin elinden dikkatle aldı. Yazıları çabucak okudu. "Bu sefer şanslıyız!" dedi sevinçle. Kızlara bakıp elini göğsüne vurdu. "Çekinmeyin, sorun!"

Nellie'yle Amy gözlerini devirdi.

"Tamam," dedi Nellie. "Dökül bakalım."

Dan küstahça çenesini havaya dikti. "Biraz daha yalvarın."

"Dan!" dedi Amy. Gülüyordu, ama aslında kardeşine sinir olmuştu.

"Pekâlâ," dedi Dan. "Sizce *giltereni* nedir?"

"Ne bileyim?" dedi Amy. "Bir ipek türü herhalde."

"Eski bir kelime de olabilir," diye atıldı Nellie. "Sözlüğe bakalım."

Dan sırıttı. "Sakın bir anagram olmasın? Mesela bir ülke isminin anagramı. İNGİLTERE gibi!" Küçük bir zafer dansına başladı. "Ben bir dâhiyim, ben bir dâhiyim!"

Kızlar yine gözlerini devirdi. Amy, Dan'in gösterisine son vermek için keseye uzandı. Ağzı bir iple büzülmüştü. Amy onu özenle çözdü. İçinden küçük, cam bir şişe çıktı.

Şişe pas kırmızısı, toz gibi bir maddeyle doluydu. Amy tıpasını açıp kokladı.

Kaşlarını çattı. "Bilemedim. Bir koku var, ama..."

Nellie şişeyi alıp kokladı.

"Şu küçük hindistan cevizlerinden," dedi. "Hani kabuklarını öğütüyorlar. Ben de almıştım."

Birbirlerine sırıttılar.

"Bir ipucu ve sıradaki hedefimizi bulduk," dedi Dan. "Birkaç dakikada işlem tamam!"

Grili Adam, Nellie'nin arkasında duruyordu. Kutuya ve içindekilere o kadar dalmışlardı ki, hiçbiri onu fark etmemişti.

"Bravo," dedi usulca.

Oturup güneş gözlüğünü çıkardı. Sonra sanki ağlamış gibi gözlerini sildi.

Hafifçe öksürüp kalktı ve kutuyu eline aldı. "Kaçak bir Ekat tarafından yapılmış," dedi. "Tam bir usta işi. Ekaterina'lar Karayipler'i uzun zaman önce yurtları ilan etti ve burada oldukça aktiflerdi. Bu arada, kediniz Kingston'da güvende. Buradan ayrıldığımızda ilk iş gidip onu alacağız."

Kutuyu masaya bıraktı. "Size bir özür borçluyum," dedi. "Birincisi, önceki kabalığım için. Yakında öğreneceğiniz üzere, bütün bunlar büyük bir planın parçası. Ve ikincisi, kendimi size doğru düzgün tanıtmadım. Adım, Fiske Cahill. Kız kardeşimi mutlu ettiğiniz ve gururlandırdığınız için size teşekkür ederim."

Kız kardeşi mi?

"Grace," dedi Nellie'nin yanına otururken. "Grace benim kardeşimdi."

Amy'nin ağzı beş karış açık kaldı.

Grace'in bir tek kardeşi vardı: Beatrice teyze. İkisi de bir erkek kardeşleri olduğundan hiç söz etmemişti. Bu doğru olamazdı!

"Sizi hiç duymadık," dedi Dan.

Adam yüzünü buruşturdu. Omuzları düştü. "Ne diyeceğimi bilmiyorum." Duraksayıp derin bir nefes aldı. "Küçükken çok çekingendim. Başkalarının yanında taş kesiliyordum. Onun için, ailem beni okula yollamadı. Bana bir öğretmen tuttular ve evde eğitim almaya başladım. Belki de hata ettiler, çünkü sonunda aile işleriyle ilgilenmek istemediğime karar verdiğimde ortadan kaybolmam kolay oldu."

Amy onun *aile işleri* derken neyi kastettiğini biliyordu: 39 İpucu Avı'nı.

Fiske Cahill parmaklarını kenetleyip gözlerini ellerine dikti. "Çocukken Grace'le birbirimize çok düşkündük. Yıllar içinde sadece onunla bağlantımı koparmadım. Ben istediğim zaman görüştük. Arada bir arar ya da mektup yazardım. Senede bir iki de hasret giderirdik. Ama hastalanınca daha uzun bir süre için yanına gittim."

Başını iki yana salladı. "Birçok kötü karar verdim, ama en pişman olduğum onunla daha çok vakit geçirememektir."

Amy'nin boğazı düğümlendi. Dan hayatından çıksa neler hissederdi? Sonra kaşlarını çattı. Fiske Cahill doğruyu söylemiyorsa, müthiş bir aktördü. Muhtemelen tam da onlara bunları düşündürmeye çalışıyordu. Amy temkinli davranmaya karar verdi.

"Umarım bu açıklama yeterli olmuştur, çünkü başka ne söyleyebilirim bilmiyorum. Grace son günlerinde İpucu Avı'na dahil olmamı rica etti. Ona hayır diyemedim."

"Bu kadarı yetmez," dedi Dan. "Grace'le kardeş olduğunuzu kanıtlamanız gerek."

Fiske Cahill bir süre konuşmadı. Sonra başını kaldırdı, gözlerini kırpıştırdı ve genizden gelen, tiz bir sesle konuştu. "Bu aptal oyunu oynayan budaladır. Ben parayı alacağım!"

Amy ona şaşkınlıkla baktı. Beatrice teyzeyi daha iyi taklit edemezdi herhalde.

Grace'in vasiyetnamesi okunduğu gün Beatrice teyze buna benzer bir şey söylemişti. Mimikleri bile aynıydı. Onu iyi tanımayan biri bu kadarını yapamazdı.

"Sen de orada mıydın?" diye fısıldadı Amy.

"Evet. Yan odadan sizi dinliyordum. Büyük ablamızın sesinin bazen ne kadar sinir bozucu olabildiğini siz de biliyorsunuzdur."

Amy, Dan'e baktı. Dan başını sallayıp omuz silkti.

"Yine de numara yapıyor olabilir," dedi Amy. "Onu gözlemlemiştir. Gizlice takip edip filme almış ve mimiklerini çalışmıştır. Ya da onunla işbirliği yapıyor..."

"Beatrice'le mi?" diye sordu Fiske Cahill.

"Beatrice teyzeyle mi?" dedi Dan.

Sadece aynı anda konuşmamışlardı. Yüzlerindeki şaşkınlık ifadesi bile aynıydı. Amy ne kadar benzediklerini fark ederek şok oldu. Bunca zamandır insanlardan Grace'le benzerliği konusunda yorumlar duyuyordu. Bayan Alice bile yıllardır Grace'i görmemesine rağmen, benzerliklerinden söz etmişti. Şimdi Amy de Dan'le Grili Adam'ın benzerliği karşısında şaşkına dönmüştü!

Akraba olduklarına şüphe yoktu.

YİRMİ İKİNCİ BÖLÜM

"Size anlatacak o kadar çok şeyim var ki, nereden başlayacağımı bilmiyorum," dedi Fiske Cahill. "Yine de elimden geleni yapacağım. Madrigal'ları biliyorsunuz zaten."

"Bilmez olaydık," dedi Dan.

"Aslında bu sandığınız kadar kötü bir şey değil. Biraz bakış açınıza bağlı."

"Oh, içim rahatladı!" dedi Dan alayla.

Amy bir an Fiske'nin güleceğini sandı. Ama sonra kaşları çatıldı. "Gideon ve Olivia Cahill'in dört çocuğu vardı," dedi. Durup bekledi.

Dan'le Amy birbirlerine baktı. Bu bir çeşit sınavdı anlaşılan.

"Katherine, Luke, Thomas ve Jane," dedi Amy.

Fiske başıyla onayladı. "Gideon bütün servetini ve hayatını ölümcül bir hastalığın tedavisini bulmaya harcadı. Ürettiği serum gerçekten de insanları hastalığa karşı koruyordu. Ama beklenmedik yan etkileri vardı. Gideon o zamanlar bunu bilmiyordu, fakat serum onu alanların DNA'sını değiştirdi. Onlara sıra dışı yetenekler kazandırdı. Sonunda Gideon, formülünü çocukları arasında paylaştırdı. Her birine bir bölümünü verdi. Çok geçmeden de, laboratuvarında çıkan yangında öldü. Çocukları bunun bir sabotaj olduğunu düşünüp birbirlerini suçladı. Sonunda ayrı düştüler ve her biri bir Cahill klanı kurdu."

Duraksadı.

Sıra Dan'deydi. "Ekaterina, Lucian, Tomas ve Janus."

Fiske yine başını salladı. "Bu kollar yüzyıllardır formülün bileşenlerini bulmaya çalışıyor. Ana serumu yeniden oluşturmayı başarabilirlerse, dört kolun da yeteneklerini taşıyan insanlar ortaya çıkması olası. Ama ne zaman kollardan biri formülü tamamlamaya yaklaşsa, bunu başarmaları engelleniyor."

"Madrigal'lar tarafından," diye fısıldadı Amy.

"Bütün kollar bunun için onlardan nefret ediyor,"

dedi Dan. "Yani bizden. İyi, ama Madrigal'lar ipucu avına nasıl bulaştı?"

Fiske, Dan'in sorusuna bir soruyla karşılık verdi. "Amy, şu minyatür resmi görebilir miyim?"

Amy şaşırarak onu çantasından çıkarıp Fiske'ye verdi.

Fiske birkaç saniye boyunca resme baktı. "Yangın çıktığında," dedi usulca, "kimse Gideon'ın karısı Olivia'nın beşinci çocuğuna hamile olduğunu bilmiyordu."

Resmi onlara doğru çevirdi.

"Madeleine Cahill'le tanışın," dedi. "Madrigal kolunun kurucusu."

Amy küçük tabloya defalarca bakmıştı. Ama kendini onu ilk kez görüyor gibi hissediyordu. İnanılmazdı. Resimdeki kadının tıpkı annesine benzemesine şaşmamak gerekti!

"Sizin büyük büyük büyükanneniz," dedi Fiske. "Yanlış hesaplamıyorsam aranızda yirmi iki nesil var."

"Şiiri o yazmış," dedi Dan kutuyu işaret ederek.

"MC, Madeleine Cahill."

Fiske resmi elinden bırakırken başını salladı. "Olivia Cahill önceleri kocasının çalışmalarını destekliyordu. Ama serumun yan etkileriyle ilgili takıntının ailesini darmadağın ettiğini görünce yıkıldı. Çocukları başlarını alıp gitti. Olivia bebekle yapayalnız kaldı.

"Serumun yıkıcı etkisi onu korkutuyordu. Aileyi yeniden bir araya getirmek de istiyordu. Madeleine'i dünyada bundan daha önemli hiçbir şey olmadığına inandırarak büyüttü."

Amy şaşkınlıkla inledi. Sonra yüzü aydınlandı. Mutluluktan değil, ama olanları tahmin edebiliyordu galiba.

Fiske Cahill ilk kez gülümsedi. "Bundan sonrasını sen anlat, küçük hanım. Bence yapabilirsin."

"Şiirde de var!" dedi Amy heyecanla. "Ağ ve iplikler. Madrigal'lar onları yeniden bir araya getirmeye çalışıyor. Kollar arasındaki savaşı durdurmaya çalışıyorlar!"

"Kesinlikle," dedi Fiske.

"Anlayamadım," diye araya girdi Dan. "Bence bayağıdır uzlaşmacı davranmıyorlar."

Fiske yine üzüntüyle başını eğdi. "Haklısın, Dan.

Kolların haddinden fazla güçlenmelerini engellemeye çalışmak her zaman kolay bir iş değil. Madrigal'lar masum insanların bu savaşın ortasında kalmasını da önlemeye çalışıyor."

"Ah." Dan şaşkınlıkla kaşlarını çattı. Amy, kardeşinin de onunla aynı şeyleri düşündüğünü biliyordu. *Madrigal'lar aslında iyi insanlar mı? Ama nasıl...*

"Diğer kolların Madrigal'ların da onlarla eşit şartlara sahip olduğunu öğrenmekten pek hoşlanacaklarını sanmıyorum," dedi Fiske. "Hele amaçları onları fazlasıyla rahatsız edecektir. Madrigal'lar onun için gizli kalmayı yeğliyor."

"Annemizle babamız..." dedi Amy. "Onların da yapmaya çalıştığı bu muydu?"

Fiske başını salladı. "En aktif üyelerimizdendiler. Bilmeniz gereken bir şey daha var. Lucian'lar işledikleri suçlardan birini Hope'la Arthur'un üzerine attı. Olay Güney Afrika'da meydana geldi."

Winnie Thembeka! Amy, Dan'le ikisine annesi ve babasının katil olduğunu söyledikleri o korkunç ânı hatırladı.

Dan yumruğunu kaldırarak Amy'ye döndü. "Biliyordum! Baştan beri iyi insanlar olduklarını biliyordum!"

Amy onunla yumruk tokuşturdu. Ama kardeşi kadar mutlu olduğu söylenemezdi. *Zor kararlar da vermek zorunda kalmışlar*, diye düşündü. İyi insan olmak basit bir iş gibi görünebilir, ama asla kolay değil.

"Ya Avusturya?" diye sordu Dan. "O da planın bir parçası mıydı? Bizi havaya uçurmak ve kurtarmak? Bana sorarsanız, büyük risk aldınız. Ölebilirdik!"

"Patlamayı tetikleyen, Alistair Oh'tu," dedi Fiske. "Güvende olduğunuzu öğrendiğimizde tahmin bile edemeyeceğiniz kadar rahatladık. Suçlunun ben olduğumu düşündünüz. Biz de bu yanılgınızı düzeltmemeye karar verdik. Diğer kolların Madrigal'ların çok güçlü olduğuna inanması işimize gelir."

Nellie söz aldı. "Av'dan ayrılmak istediğinizi söylediğinizde ödümü patlattınız," dedi. "Madrigal'ların size ne kadar ihtiyacı olduğunu biliyordum."

Fiske başını salladı. "Madrigal'lar işlerini doğru düzgün yapamazsa, korkarım, Lester'la aynı kaderi paylaşan bir sürü insan olacaktır. Kim bilir kaç kişi..."

Dünyanın kaderi elimizde, diye düşündü Amy.

Bir süre sessizlik oldu. Amy kardeşinin gözlerinde yine derin bir hüzün gördü. Ama eskisi gibi çaresiz bir hüzün değildi bu. Dan şimdi daha kararlı bakıyordu. Bir kişinin daha Lester gibi ölmesini engellemek için elinden geleni yapacaktı.

Amy bu konuda ona tam destek verecekti.

Sessizliği Dan bozdu.

"Hâlâ anlamadığım bir şey var," dedi. "Bütün bunları bize neden daha önce anlatmadınız? Bay McIntyre bize neden Madrigal'lara dikkat edin dedi? Grace bizim de Madrigal olduğumuzu söyleyemez miydi? Ne yapmaya çalıştıklarını anlatamaz mıydı?"

Fiske iç çekti. "Denklemin belki de en karmaşık kısmı işte bu. Madeleine Cahill annesi son nefesini vermeden önce ona aileyi yeniden bir araya getirmek için elinden geleni yapacağını söyledi. Madrigal'ların görevinin ne kadar zor olacağının farkındaydı. Yıllarca plan yaptı.

"Bunların bazılarını zaten biliyorsunuz. Madrigal kolu anaerkil. Genellikle annelerinin soyadını alırlar. Bu, Madeleine'in Olivia'ya bağlılığının bir sembolüydü."

"Onun için, Trent değil, Cahill'iz," dedi Dan.

"Annem bana hep bunun feminizmle ilgili olduğunu söylerdi," diye hatırladı Amy.

Dan bir an düşündü. "Yalan da sayılmaz."

"Ama en önemlisi," dedi Fiske "Madeleine tek başarı şansları olduğunu biliyordu. Madrigal'lar iyinin de iyisi olmalıydı. Sizin de keşfettiğiniz gibi, Amelia Earhart, Anne Bonny, Mary Read, Nanny Sharpe, hepsi de Madrigal'dı. Daha birçok isim sayabilirim. Rahibe Teresa, Frederick Douglass, Roberto Clemente. Ve Nobel Barış Ödülü kazananların yarısından fazlası."

Çocuklar koro halinde bağırdı: "Vay canına!"

"Dahası var," dedi Fiske. "Aktif bir Madrigal olabilmeniz için çaba göstermeniz gerekiyor. Başka kolların aksine, burada sadece bir Madrigal olarak doğmanız yeterli değil."

"Nasıl bir çaba?" diye sordu Dan.

"Cahill'ler birer Madrigal olabilmek için zorlu sınavlardan geçer. Üstelik bundan haberleri bile olmaz. Bu şekilde, eğer başarılı olamazlarsa, Madrigal kolunun sırları güvende kalır.

"Sınavların bazılarında diğer kollarla ters düşer ya da Av'da geride kalırlar. Diğerleri ise, nasıl desem, Madrigal'lar tarafından özel olarak tasarlanır. Bu son engel bunların bir karışımıydı. Dişe ihtiyacımız vardı ve onu ele geçireceğinizi umuyorduk. Onu bulduğunuzda kutuyu açma konusunda sizi sınamaya karar verdik."

"Madrigal'lar baştan beri bizi bilerek mi zorluyordu?" diye sordu Dan öfkeyle.

"Zaman zaman da size yardım ettiler," dedi Fiske. "İnanın, aktif üyelere çok ihtiyacımız var. Başarmanızı canı gönülden istiyoruz. Ama laf olsun diye, hak etmeyen kimseyi aramıza almıyoruz.

"Aktif Madrigal üyeliğine uygun gördüğümüz kişileri yakından takip ediyoruz. Sizinle ilgili, Bayan Gomez'den yardım aldık."

"Özür dilerim, çocuklar," dedi Nellie. "Size milyonlarca kez söylemek istedim, ama..."

Başını masaya dayadı ve tuhaf sesler çıkarmaya başladı.

Ne yapıyor bu, diye düşündü Amy.

"Ağlıyor musun?" diye sordu Dan hayretle.

Nellie başını kaldırdı. Yüzü gözyaşlarıyla ıslanmıştı. "Size yalan söylemeye mecbur kaldım. Ne kadar zordu bilemezsiniz. Sonra her şeyi öğrendiniz ve bana olan güveniniz sarsıldı. Benden nefret etmenize rağmen görevimi bırakamazdım." Yine başını eğip hıçkırıklara boğuldu.

Bir an Amy'nin sinirden gözü karardı. Üçü bunları yaşamak zorunda kaldığı için birini ya da bir şeyi yumruklamak istiyordu.

Nellie gerçekten de onlara ihanet etmişti. Hem de defalarca.

Ama bunun için haklı sebepleri vardı. Amy onun için hiç kolay olmadığını tahmin edebiliyordu.

Derin bir nefes aldı ve yavaşça üfleyerek sakinleşmeye çalıştı.

İşe yaradı.

Kendini Nellie'nin yarısı sarı yarısı siyah, diken diken saçlarına bakarken buldu. Av onun gibi güçlü bir kızı bile ne hale getirmişti.

Uzanıp elini Nellie'nin koluna koydu. "Nellie?" dedi usulca. "Ben de üzgünüm. Sana öyle davranmak istemezdim."

"Evet, Nellie," dedi Dan telaşla. "Artık her şey açıklığa kavuştu. Bırak ağlamayı."

Nellie'nin hıçkırıkları yavaşça duruldu. Fiske hafifçe öksürdü. "Bayan Gomez her zaman bizi dinlemedi," dedi. "Bazen isteklerimize açıkça karşı geldi. Isabel Kabra konusunda size yardım etti. Kutuyu açmanıza da öyle."

Nellie sırtını dikleştirip gözlerini ovuşturdu. Rimeli zaten akmıştı. İyice dağıldı.

"Ne yaparsınız," dedi ve Amy'ye göz kırptı.

Amy de ona aynı şekilde karşılık verdi.

Gözün ufacık bir hareketinin insanı bu kadar rahatlatması ne tuhaftı.

"Doğru," dedi Fiske gözleri parlayarak. Sonra birden ciddileşti. "Deneme sürecinden sonra, aktif Madrigal olmayı hak edenlere bu durum bildirilir ve Madrigal kolunun sırları onlarla paylaşılır."

Amy derin bir nefes aldı. "Yani bize bunları…"

Fiske Cahill başını salladı.

"Evet. İkiniz de artık aktif birer Madrigal'sınız." Duraksadı. "Şunu da belirtmeden geçemeyeceğim ki, ilk kez bu kadar genç üyelerimiz oluyor."

Amy, Fiske'nin gözlerinin dolduğunu gördü.

"Büyükanneniz sizinle gurur duyardı," dedi. "Tıpkı benim gibi."

Dan iskemlesinde zıpladı. "Bir sertifika veriyor musunuz? Ya da bir rozet?"

Fiske gülümseyerek başını yana eğdi. "Üzgünüm, öyle bir uygulamamız yok. Ama bir ödül var."

Durup etrafına bakındı. "Bugüne dek, yedi Madrigal ipucu keşfedildi," dedi. "Küçük hindistan cevizini de sayenizde bulduk. Diğerleri ise…" Eğilip bütün ipuçlarını fısıldadı.

Hiçbirini unutmamalıyım, diye düşündü Amy. O sırada, Dan onu dirseğiyle dürttü. Amy onun ne söylemek istediğini hemen anladı. *Sen zahmet etme, ben zaten ezberledim*, diyordu.

"Bu bilginin sorumluluğu büyük," dedi Fiske. "Cahill klanının yeniden bir araya gelmesi gerek. Grace hayatı boyunca bunun için hazırlık yaptı. Vasiyetini bile buna göre yazdı ve 39 İpucu Avı'nı başlattı. Av'ın zor geçeceğini ve klanın ipuçlarını toplamak için işbirliği yapmak zorunda kalacağını biliyordu."

Duraksayıp teker teker yüzlerine baktı. "Bildiğiniz üzere, böyle bir şey olmadı. Av neredeyse bitmek üzere. İngiltere son şansımız. Orada iki konuya yoğunlaşmak zorundasınız. Av'ı Madrigal kolu adına kazanmak ve daha da önemlisi, aileyi bir araya getirmek."

"Aile mi?" dedi Amy. Kimden söz ediyordu? O ve Beatrice teyzeden mi?

"Evet," dedi Fiske. "Diğer Cahill kollarını. Onlarla birlikte çalışmalı, onları işbirliğine davet etmeli ve birbirinize güvenmelisiniz. Şimdiye kadarki en zor göreviniz olacak."

Amy kulaklarına inanamıyordu. Av'ı kazanmak yeterince zorken, bir de diğer kollarla birlikte çalışacaklardı.

Yalancı, hilebaz ve hain Wizard'lar, Oh'lar ve Holt'larla mı?

En korkuncu da...

"Isabelle'le işbirliği mi yapacağız?" diye bağırdı Dan telaşla. "Onunla ortaklaşa çalışmamızı mı istiyorsunuz? Hayatta olmaz!"

"Asla!" dedi Amy. "O kadın annemizle babamızı..."

Fiske başını eğdi. "Anneni çocukluğundan tanırım," dedi usulca. "O kadar başarılı birinin gencecik yaşta ölüp gitmesi çok yazık. Aynısı babanız için de geçerli."

Hafifçe öksürdü.

"Söyleyin," dedi "hâlâ hayatta olsalar, sizden ne yapmanızı beklerlerdi?"

Amy bunu kim bilir kaç kez düşünmüştü. Annesiyle babası beladan uzak kalmalarını mı isterdi? Ondan Dan'i korumasını mı beklerlerdi? İyi, ama Isabel gibi birinin nefes aldığı bir dünyada ne kadar güvende olabilirlerdi ki?

Dan iskemlesini arkaya itip ayağa kalktı. Amy kardeşinin kararını verdiğini görebiliyordu. Haklıydı da.

İntikam peşinde koşmayacağız, diye düşündü. *Sadece adaletin yerini bulması için çalışacağız. Bizim için, ailemiz için ve dünya için.*

"Gitsek iyi olur," dedi Dan. "İngiltere bizi bekler. Ama önce Saladin'i alacağız. Sonra da..." Başını eğdi. "Bayan Alice'i görmeye gideceğiz."

Birkaç dakika boyunca hiçbiri konuşmadı.

Amy üzüntüyle Bayan Alice'in Lester'sız ne kadar yalnız olacağını düşündü.

"Madrigal'lar onu kollayacak," dedi Fiske. "Hem maddi hem de manevi olarak. Hayatı boyunca hiç zorluk çekmeyecek."

Lester buna sevinirdi, diye düşündü Amy. *Keşke elimizden daha fazlası gelseydi.*

"Bir şey daha var," dedi Fiske. "Madrigal'lar bir karar aldı. Tarihlerinde ilk kez, bu kanı taşımayan birine aktif üyelik veriyorlar."

Nellie'ye döndü.

"Bayan Gomez? Aramıza hoş geldiniz."

Amy, Nellie'nin yüzünün şaşkınlıkla çarpıldığını gördü. Sonra kıpkırmızı kesildi.

"Vay canına," dedi sevinçle.